La Série Noire
Des Treize
Chapitres

Dans le regard du mal

Volume 1

MARIO CÔTÉ

Révision et correction : Andra Petrucianu

Pagination et illustration : Lios Art

ISBN papier (Soft cover): 978-2-925372-00-4

ISBN numérique : 978-2-925372-05-9

Dépôt légal - Bibliothèque et Archives nationales du Québec

Dépôt légal - Bibliothèque et Archives Canada

Conçu et imprimé au Québec, Canada

Dans le regard du mal Volume 1

Dédicace

Chers lecteurs/Chères lectrices,

Bienvenus dans cet univers où l'ombre règne en maître, où le mal prend mille visages, parfois même sous des formes qui n'ont rien d'humain. Chaque récit de cette série noire vous entraînera au plus profond de l'horreur, du thriller psychologique, du suspense, de la démence, bref, de l'inimaginable. Installez-vous confortablement dans votre fauteuil favori… et surtout, laissez une lumière allumée, de peur que les ténèbres ne vous encerclent. Ces romans feront frémir votre esprit par leur noirceur et leur dénouement imprévisible. La série noire est une saga unique en son genre, un voyage sans retour au cœur de l'antre du mal. Serez-vous prête à oser vous y aventurer, même au risque d'y perdre un fragment de votre âme…

Je vous souhaite une lecture des plus divertissantes sans sombrer dans l'antre de la folie !

Page de dédicace personnalisée

REMERCIEMENTS

Je voudrais remercier tout d'abord, ma conjointe, ma famille ainsi que mes amis qui m'appuient depuis le début de mon aventure dans le monde de l'imaginaire. Je m'en voudrais de ne pas mentionner, Andra Petrucianu, qui effectue un travail remarquable de correction et de révision ainsi que mon infographiste, Lios Art qui a conçu mes nouvelles couvertures en leur donnant une nouvelle vie. Mille mercis à vous, chers lecteurs et lectrices, car sans vous je n'existerais tout simplement pas.

Mille mercis à vous, chers lecteurs et lectrices, car sans vous je n'existerais tout simplement pas.

Je vous aime du plus profond de mon cœur,

Mario Côté, écrivain polyvalent

Biz à tous mes amis et lecteurs   XOXOXO

Dans le regard du mal Volume 1

TABLE DES MATIÈRES

Dans le regard du mal Volume 1

Chapitre 1

Les yeux du diable

Sous une pluie torrentielle, à l'intérieur d'une maison abandonnée depuis un certain temps, des cris de supplications provenant de la cave retentirent, se perdant dans l'écho de l'escalier menant au premier.

- NON, JE VOUS EN PRIE ! JE FERAI TOUT CE QUE VOUS VOUDREZ ! JE VOUS EN PRIE ! NE ME FAITES PAS DE MAL ! JE VOUS EN SUPPLIE ! l'implorait-elle, en versant toutes les larmes de son corps, tremblant de frayeur.

Malgré ses doléances, l'homme ne semblait pas entendre sa victime. Dans ses yeux brillait la lueur du diable. Soudain, il saisit une hache et le regard de la femme exprima la terreur.

- NOOOOOOOOOOOOONNNNN !!! s'écria-t-elle, avant de recevoir le coup fatal.

L'homme se tenait debout, la hache dégoulinant de

sang frais qui se répandait sur le plancher de ciment. Le corps de la femme étendue sur ce qui semblait être une table de bois baignait dans une mare de sang. Sa tête sectionnée avait roulé par terre, maculant le plancher d'un rouge vif. Le meurtrier déposa finalement sa hache ensanglantée et prit un des sacs de vidanges noirs pour y déposer la tête de sa victime. Puis, il continua sa boucherie barbare en découpant chacun des autres membres, les plaçant dans des sacs différents.

Une fois son carnage terminé, le déséquilibré ajouta un bout de papier dans le sac contenant la tête en écrivant : « *Le boucher* », comme pour apposer une signature à son œuvre. Macabre, direz-vous ? Pour ce détraqué, tout cela n'était qu'un jeu où l'excitation côtoyait le délire...

La pluie avait graduellement cessé. Le meurtrier agrippa les nombreux sacs et les mit un par un dans sa fourgonnette rouge. Avant de commencer son processus meurtrier, l'homme avait pris soin d'enfiler des gants de latex afin de ne laisser aucun indice aux enquêteurs du FBI. Jack n'en était pas à son premier crime. Il connaissait très bien les étapes d'une enquête puisqu'il avait étudié pendant plusieurs années dans une école de police dans le but de devenir lui-même enquêteur au FBI. Toutefois, cela ne s'était pas passé comme il l'avait prévu et la démence s'était emparée de lui.

Les autorités l'avaient surnommé « le boucher de Springfield » pour ses crimes où se mélangeaient la cruauté et la violence. D'ailleurs, malgré sa ténacité, l'ancien inspecteur Doug Jarvis ne put jamais incriminer l'individu des crimes qui s'étalaient sur près d'une vingtaine d'années.

Jack « le boucher » Burnston sillonnait les petits chemins rarement empruntés qu'il connaissait comme le fond de sa poche. Ceux-ci débouchaient sur un immense champ rempli de plants de maïs. Tout au bout de cette étendue, une ancienne ferme avait été condamnée à la suite de la disparition d'un couple et de leur enfant. Personne ne sut vraiment ce qui s'était passé. Plusieurs rumeurs racontaient qu'ils s'étaient enfuis parce que cet endroit était habité par un esprit maléfique. D'autres prétendaient que le père avait assassiné sa famille et puis s'était pendu dans la grange à côté, toutefois les autorités démentirent ces dires. Selon eux, aucune des rumeurs n'était fondée. Bien d'autres encore se répandirent, mais ne furent jamais confirmées. Ces histoires donnaient froid dans le dos et pour cette raison, plus personne n'osait y mettre les pieds !

À chacun de ses meurtres, Jack venait y enterrer ses victimes, mais gardait toujours l'un des membres pour le faire parvenir à l'ancien inspecteur Doug Jarvis. Pourquoi me demanderiez-vous ? Je vous répondrais qu'il lui tenait rancune, l'inspecteur avait été choisi à sa place. Doug faisait toujours preuve de vantardise et se considérait comme le « meilleur ». Donc, vous pouvez imaginer la rivalité qui régnait entre les deux hommes. Jack ne ressemblait aucunement à Doug. C'était quelqu'un de très intimidé par les autres, réservé et renfermé sur lui-même. Néanmoins, cela n'empêchait pas qu'il avait une intelligence au-dessus de la moyenne. Lorsque Jarvis s'en était aperçu, il s'était servi de lui pour démarrer sa carrière, mais, évidemment, personne d'autre ne le savait sauf Jack et lui, bien sûr ! Le pire dans tout ça, c'est que par la faute de cet inspecteur, il avait été renvoyé pour avoir triché aux examens, ce qui était totalement faux ! Car la vraie histoire était loin de cette vérité. En fait, plusieurs semaines avant les examens, Jarvis avait élaboré un plan tordu en demandant à Tassy, l'une de ses ex petites copines, de convaincre Jack de voler une copie des questions de l'examen final. Sur le coup, Jack refusa, mais Tassy avait plusieurs atouts auxquels aucun homme ne pouvait résister. En effet, sa taille de guêpe, son visage angélique et son corps de déesse faisaient en sorte qu'elle pouvait convaincre n'importe quel homme. Après avoir insisté auprès de Jack pendant plusieurs semaines, elle réussit finalement à obtenir son accord. Sans le vouloir, il était tombé follement amoureux d'elle. Mais, ce que Jack ignorait, c'est que les copies des questions de l'examen final contenaient des puces de façon que lorsque quelqu'un tentait de sortir les documents de cet édifice sans permission, un signal parvenait automatiquement aux supérieurs. Lorsque Jack revint avec le document à sa chambre du pensionnat, Tassy en profita pour l'amadouer et, pendant qu'il dormait, se rhabilla, prit une photo du document et fila en douce. À son réveil le lendemain, Jack fut surpris de voir que sa copine n'était plus là. Il la contacta et celle-ci lui annonça qu'elle ne l'avait jamais aimé. Il fut dévasté par ses propos ! Mais, croyant fermement qu'elle était l'amour de sa vie, il la rappela pour lui demander des explications supplémentaires. Tassy fut catégorique et brève avec Jack en lui disant qu'elle ne s'était jamais intéressée à lui et que c'est Jarvis qui avait tout manigancé pour obtenir la copie des questions de l'examen final. Jack fut alors envahi par la colère et la rage. Plus, il y pensait et plus la démence et le goût de vengeance s'immisçaient en lui. Plus tard dans la journée, il fut convoqué dans le bureau du collège et il fut aussitôt renvoyé. Au bonheur de Jarvis et Tassy, personne ne fut au courant de cette machination. Dès lors, Jack comprit qu'il avait été trompé et trahi d'une part par celui qu'il croyait son meilleur ami et d'une autre, par cette fille dont il était tombé amoureux. À la suite de cet événement, plus personne n'entendit parler de lui, il avait disparu dans la nature !

Le boucher de Springfield s'arrêta au bout du champ de maïs, tout près de la grange abandonnée. Derrière celle-ci, il y avait un immense amas de terre noire servant à la fertilisation des terres agricoles et qui datait de plusieurs années. Les morceaux de corps qui y étaient enfouis n'avaient fait que renforcer la fertilisation de cette terre. De plus, quelques heures plus tôt, la pluie avait trempé l'endroit à fond. Jack prit une pelle dans sa fourgonnette et creusa trois trous profonds. Un pour les membres inférieurs, l'autre pour les supérieurs et finalement le dernier pour le tronc du corps de sa victime. Étant donné que la terre ne s'était pas encore asséchée vu l'énorme quantité de pluie qui était tombée, il lui fallut à peine une heure pour accomplir son travail. Puis, il retourna à sa fourgonnette pour y prendre les sacs qu'il jeta dans chacun des trous avant de les recouvrir de terre noire. Pour finir, il y ajouta de la semence à fleurs de jardin afin que l'on n'y voit que du feu !

Après avoir mis la tête de sa victime dans une glacière au fond de sa fourgonnette, Jack retourna où il avait commis son crime diabolique pour faire le grand nettoyage. Il était très méticuleux et aucun détail ne lui avait échappé jusqu'à présent, ce qui lui avait permis de passer inaperçu. Physiquement, il était d'allure athlétique puisqu'il devait travailler très fort, il était devenu boucher dans le vrai sens du terme.

Personne ne soupçonnait qu'il était le fameux tueur en série. Jack Burnston paraissait être un homme respectable et très soucieux de son apparence. D'ailleurs, avant de devenir boucher, il avait posé pour plusieurs magazines de grande renommée, mais sa carrière de mannequin prit fin brusquement lorsque l'une de ses anciennes copines un peu névrosées mit le feu dans leur appartement. En voulant la sauver des flammes, son dos, ses jambes ainsi que son bras droit furent brûlés au deuxième degré. Après cette terrible tragédie, Jack fut forcé bien malgré lui d'abandonner sa carrière de mannequin.

Maintenant, il devait planifier la dernière étape de « son œuvre », comme il aimait si bien le dire. Même s'il prenait l'habitude de recouvrir l'intérieur de sa fourgonnette d'un plastique, le boucher la nettoyait de fond en comble. Après avoir accompli sa tâche, il devait faire parvenir « son colis » au FBI. Il prit la tête qui se trouvait dans le sac de vidanges noir, la mit dans une boîte et inscrivit sur celle-ci *Ouvrez-moi*. Il attendit la nuit pour aller déposer son colis devant une maison, sachant très bien que la curiosité des humains était telle qu'il était inévitable que le colis soit ouvert. Lorsqu'il le déposa, Jack prit la précaution de ne pas allumer ses phares et de redémarrer tranquillement aussitôt. Pour lui, cela ressemblait à la blague que tous les jeunes adolescents faisaient, c'est-à-dire sonner et courir le plus vite possible en espérant ne pas se faire prendre. En même temps, cela lui procurait une montée d'adrénaline qui ne faisait qu'alimenter sa démence.

Le lendemain matin, un homme d'une quarantaine d'années encore en pyjama sortit de chez lui pour aller ramasser son courrier, lorsqu'il aperçut une boîte devant sa porte. L'homme, intrigué, la ramassa et se prépara à l'ouvrir sans se douter que ce qu'il allait découvrir le renverserait totalement. Au moment où il allait s'exécuter, une jeune femme apparut sur le pas de la porte et interrompit son geste.

- Chéri, que fais-tu ? lui demanda-t-elle, intriguée de le voir penché, car elle ne pouvait pas apercevoir le colis.
- Nous avons reçu un étrange colis.
- Ah oui ? Petit coquin, c'est une surprise que tu voulais me faire, n'est-ce pas ?
- Euh... désolé de te décevoir mon cœur, mais ce n'est pas du tout le cas.

Le visage de la ravissante jeune femme changea radicalement lorsqu'elle comprit que ce colis n'avait rien à voir avec ce qu'elle croyait. Son amoureux ressentit un certain malaise, car effectivement, aujourd'hui c'était l'anniversaire de sa conjointe.

- Alors, tu vas l'ouvrir ce colis ou bien c'est moi qui le ferai ! répliqua-t-elle sur un ton frustré en s'avançant vers lui pour satisfaire sa curiosité.
- Je... je vais l'ouvrir, lui répondit son amoureux la mine basse.

Dès qu'il ouvrit le dessus, une forte odeur s'en

dégagea et tous les deux se regardèrent incertains de vouloir continuer.

- Maintenant que tu as commencé... continue, ordonna-t-elle.
- Très bien.

Lorsque l'homme ouvrit le sac, il aperçut quelque chose de rond. Aussi, il pensa que l'un de ses amis lui avait joué un tour en lui envoyant un genre de bombe puante, mais il était très loin de la vérité. Aussitôt qu'il ouvrit le sac et tira sur ce qu'il croyait être une mauvaise blague, il réalisa que c'était une tête humaine et que dans ses yeux, on pouvait voir la frayeur et l'horreur. Il vomit pendant que sa copine hurlait de terreur à un tel point qu'elle réveilla les voisins du quartier en entier...

En entendant le cri de sa voisine, leur plus proche voisin, Max McFee, se réveilla en sursaut. Son cœur venait de faire trois tours, tellement il fut surpris. Il se leva d'un bond, prit son cellulaire, le mit dans la poche de son pyjama et sortit précipitamment de chez lui pour aller porter secours au voisinage. À l'instant où il vit la tête coupée et ensanglantée près de son voisin qui vomissait de toutes ses tripes pendant que sa conjointe était étendue par terre, il appela aussitôt les urgences.

- Allo !
- Oui, quelle est votre urgence et dites-moi votre nom s'il vous plaît.

\- Je... je...

Le voisin était à bout de souffle tellement il était nerveux.

- Calmez-vous, monsieur ! Calmez-vous ! Prenez une bonne respiration avant de continuer la conversation, vous verrez que vous vous sentirez beaucoup mieux.
- Merci ma... dame, je m'appelle Max McFee et je suis devant la demeure de mon voisin et... et...
- Dites-moi tranquillement ce qui se passe, monsieur McFee. Nous sommes là pour vous aider, je vous écoute.
- Mon voisin vomit, sa femme est inconsciente à sa droite et à... à sa gauuuuu...
- Qu'y a-t-il à sa gauche ? demanda la répartitrice pour tenter d'analyser la situation.
- Gauche, il... il y... a une tête ! finit-il par articuler.
- Pardon ? Je ne suis pas certaine d'avoir très bien compris la dernière phrase. Pouvez-vous répéter ?
- Oui. Il y a une tête coupée pleine de sang.

L'opératrice fut tellement estomaquée par ce qu'elle venait d'entendre que plus aucun son ne sortit de sa bouche. Pendant quelques secondes, il y eut un silence de mort et puis soudain, elle lui répondit :

- Très bien, Monsieur McFee. Je vous envoie les services d'urgence immédiatement ainsi qu'une patrouille de police. Ne coupez pas, je vais rester en ligne avec vous pendant que les secours se dirigent chez vous.

- Merci !

Dans le regard du mal Volume 1

Chapitre 2

Confidente irremplaçable

Pendant ce temps à Strafford, la ville voisine de Springfield, Kelly-Ann Guess était assise sur son lit et regardait sur son portable des photos de sa grand-mère décédée récemment en pleurant. Cette ravissante jeune femme aux yeux noisette et aux cheveux ambrés était très proche de sa grand-mère et elles avaient l'habitude de se faire des confidences. Malheureusement, elle avait quitté ce monde terrestre pour aller dans l'au-delà et depuis ce temps-là, Kelly-Ann semblait perdue. Ses parents travaillaient tous les deux et leur carrière respective prenait beaucoup de place, ce qui ne l'aidait en rien. La jeune adulte ne pouvait que se tourner vers ses amies qui ne possédaient aucunement sa maturité. Même si Fergus, son père, et Falon sa mère, lui faisaient totalement confiance, leur présence lui manquait terriblement tout comme sa grand-mère. Pour tenter de lui changer les idées, sa mère lui avait suggéré de retourner aux études et de s'inscrire au Collège de Springfield et de tenter d'obtenir une bourse d'études. N'ayant pas la tête aux études, sur le coup elle refusa.

Après avoir bien réfléchi, elle changea d'avis en se disant que cela pourrait peut-être lui faire oublier la tristesse qui l'envahissait, ce qui fit le bonheur de sa mère. Elle savait pertinemment que ce collège jouissait d'une excellente réputation et que pour y obtenir une bourse, rien n'était assuré ! Néanmoins, elle avait envoyé une demande et depuis deux semaines, elle se rongeait les sangs. Aucune nouvelle de leur part. Ne tenant plus en place, Kelly-Ann décida de sortir pour aller rejoindre ses amies au restaurant du coin.

En arrivant devant la vitrine du restaurant, elle aperçut ses amies qui sirotaient des boissons gazeuses. Parmi elles, il y avait Janis Rumulus qui était la plus grande de son groupe d'amies. Ses soyeux cheveux noirs et ses yeux verts lui donnaient un charme irrésistible. Puis il y avait Bianca Celest. Cheveux frisés bruns, yeux marrons de taille moyenne, buste assez visible, elle observait plus qu'elle ne parlait. Pour ce qui était de Kimberly Taylor, la troisième du groupe, elle aimait bien attirer l'attention. Blonde aux yeux azur, personne ne pouvait l'ignorer et elle adorait se faire remarquer par le sexe opposé ! Finalement, Krystel Shefferson, sa préférée qui tout comme sa grand-mère était sa meilleure confidente puisque contrairement aux autres filles du groupe,

Krystel savait garder un secret. Parlant de secret, Krystel comprenait très bien ce que vivait son amie. Elle avait un faible pour Kelly-Anne depuis très longtemps, mais avait rapidement compris que ce n'était qu'un fantasme puisque Kelly-Ann était attirée par le sexe opposé. Sa confidente aux cheveux roux, aux yeux bleus et à la taille de guêpe faisait souvent tourner la tête des hommes. En dépit des nombreuses invitations qu'elle recevait de leur part, Krystel refusait catégoriquement, ne se gênant pas pour leur dire qu'elle n'était pas attirée par les hommes. Kelly-Ann entra pour aller les rejoindre.

- Nous sommes contentes que tu aies décidé de sortir de chez toi, lança Krystel soulagée de voir enfin son amie sortir de son état d'hibernation.
- Bonjour les filles, lança-t-elle avec un sourire timide.
- Est-ce que tu vas mieux ? demanda Bianca.
- Oui, merci de vous préoccuper de moi. Je suis désolée de ne pas vous avoir recontactées.
- Voyons ! Tu n'as pas d'excuses à nous faire, on comprend tu sais, répliqua Krystel.
- Krystel a raison, on comprend très bien. Tu sais, moi aussi j'ai perdu ma grand-mère, ajouta Kimberly.
- Tu veux rire ? Tu n'as même pas de grand-mère ! lança Janis voyant qu'elle venait de raconter un de ses mensonges habituels pour tenter de réconforter Kelly-Ann.
- Justement ! Elle est morte, répondit Kelly-Ann

pour ne pas rajouter de l'huile sur le feu.

Janis et Kimberly se querellaient souvent en raison de leur caractère semblable et de leur constante compétition l'une envers l'autre. S'apercevant de leur attitude, les deux amies s'excusèrent.

- Désolée, Kelly-Ann ! lança Janis.
- Oui, nous sommes vraiment désolées, ajouta Kimberly.
- Bon ça va ! Il n'y a pas de souci.
- Dis-nous, as-tu des projets à venir ? demanda Bianca pour changer de sujet.
- Oui. En fait, mes parents m'ont convaincue de retourner aux études.
- Ah oui ! Mais c'est super ça ! s'exclama Krystel.
- C'est excellent, ça va te changer les idées, ajouta Bianca.
- C'est ce que pensent aussi mes parents. J'ai fait une demande de bourse il y a deux semaines, je devrais bientôt avoir une réponse.
- Dans quel domaine veux-tu étudier cette fois-ci ? demanda Janis.
- J'ai décidé d'étudier le journalisme.
- Vraiment ? s'étonna Kimberly.
- Elle a bien le droit de décider dans quel domaine elle veut étudier ! lança Janis, insultée.
- S'il vous plaît les filles, ça suffit les querelles d'enfants ! trancha Kelly-Ann.
- Désolée ! répondirent-elles en même temps,

comprenant que Kelly-Ann en avait assez de leurs attitudes.

- Au fait, ta demande de bourse tu l'as fait à quel collège ? voulut savoir Krystel.
- Au collège de Springfield.
- Ça voudra dire que si tu es acceptée, nous ne pourrons plus te voir aussi souvent, lança Krystel attristée par cette nouvelle.
- Pas nécessairement. Je pourrais m'arranger avec mon père ou ma mère pour venir lorsque j'aurai des périodes de vacances ou bien parfois les fins de semaine. Je sais que ces temps-ci, je n'ai pas été très proche de vous, mais vous en comprenez la raison.
- Bien sûr, dit Krystel soulagée de sa réponse.
- Évidemment et nous ne t'en voulons pas, ajouta Janis.
- Ça serait ridicule de notre part, renchérit Kimberly tout en jetant un coup d'œil supérieur à sa rivale, Janis.

Leur conversation fut interrompue par un appel que reçut Kelly-Ann.

- Allo maman.
- *Est-ce que tu es à la maison, présentement ? demanda sa mère.*
- Non, je suis avec mes amies.
- *Dis-leur bonjour de ma part.*
- Ma mère vous fait dire un bonjour, répéta-t-elle.

- Bonjour madame Guess ! répondirent-elles en chœur.
- *Je rentre bientôt à la maison. Veux-tu souper avec moi ou bien préfères-tu rester avec tes amies ?*
- Je vais rentrer, maman. J'arrive sous peu.
- *Très bien ma fille adorée, je t'aime très fort, à tout à l'heure !*
- Moi aussi je t'aime, à tantôt !

Il arrivait rarement que Kelly-Ann ait la chance de prendre un repas avec ses parents. Leur travail accaparait souvent leur vie familiale et elle en payait souvent le prix. Toutefois, Kelly-Ann s'était habituée avec le temps et c'est d'ailleurs ce qui faisait d'elle une femme mature et responsable. Elle continua de discuter encore un peu avec ses amies.

- J'ai accepté de souper avec ma mère, dit-elle enjouée.
- Super ! Je suis contente pour toi, tu ne vois tellement pas souvent tes parents, s'exclama Krystel.
- Moi j'aimerais que ma mère soit comme la tienne, car comme tu le sais, elle n'a d'attention que pour mon beau-père, lança Kimberly avec amertume.
- Mais au moins toi tu ne manques de rien, répliqua Bianca d'un ton envieux.
- Écoutez les filles ! Je vous aime toutes telles que vous êtes et j'aimerais que l'on se fasse une promesse.

- Quel genre de promesse ? demanda Krystel.
- Quoi qu'il arrive, je voudrais que nous restions toujours en contact. Vous me le promettez ?
- Oui, bien sûr, répondirent-elles à l'unisson.
- Très bien, alors je dois vous laisser, mais on se rappelle.
- D'accord Kelly-Anne et promets-nous de prendre soin de toi, ajouta Bianca.
- Je vous le promets. Bye les filles !
- Bye !

Elles s'avancèrent l'une à la suite de l'autre pour lui faire un câlin et Kelly-Ann quitta le restaurant le cœur gros, car elle savait que si elle obtenait sa bourse, elle ne les verrait plus aussi souvent. En marchant en direction de chez elle, elle vit une jolie femme qui se regardait dans une vitrine et s'appliquait du maquillage. Stationnée non loin d'elle, il y avait une fourgonnette. Mais, trop préoccupée à se faire une beauté, elle ne vit pas l'homme dans la fourgonnette rouge qui l'observait d'un regard qui ne présageait rien de bon. La jolie jeune femme avait le visage d'un ange. Elle portait une robe de satin blanc fleurie et à son cou, un collier de perles grisâtre faisait ressortir davantage son charisme. Kelly-Ann observa la jeune femme avec fascination, remarquant ses traits angéliques. Après avoir fini de se faire une beauté, elle sauta dans un taxi qui se dirigea vers la gare toujours sous les yeux de cet obsédé. Kelly-Ann vit la fourgonnette rouge suivre le taxi, mais n'y porta aucune attention et poursuivit son chemin.

Après avoir marché une dizaine de minutes, elle arriva chez elle. En ouvrant la porte, Kelly-Ann aperçut sa mère qui discutait au téléphone. Cette dernière lui fit signe d'attendre un instant puisqu'elle était sur le point de mettre fin à la conversation. Sa fille lui répondit avec un signe affirmatif de la tête et le sourire au visage. Finalement, lorsque sa mère raccrocha, elle la serra dans ses bras.

- Comment vas-tu ma chérie ?
- Très bien maman.
- Je sais que la perte de ta grand-mère nous a tous ébranlés et tout particulièrement toi. Je suis au courant de la relation que tu entretenais avec elle et sache que je suis triste pour toi et que si tu as besoin de parler, je suis là.
- Oui, je sais maman, répondit-elle tristement, sachant très bien au fond d'elle-même que la relation qu'elle avait avec sa grand-mère était unique et très spéciale, pour ne pas dire irremplaçable.

Voyant le visage triste de sa fille, Falon tenta de changer de sujet.

- Dis-moi ce que tu préfères, manger à la maison ou bien aller au restaurant ?
- Ça me va très bien à la maison, maman.
- D'accord. Qu'est-ce qui te plairait ?
- Je n'ai pas tellement faim, mais peut-être qu'une simple salade de crevettes ferait l'affaire.

- Seulement ça ? Tu veux rire ?
- Non, maman. Seulement ça me suffira.
- Bon, comme tu veux.
- Merci d'être là maman.
- C'est normal ! Je suis consciente que ton père et moi ne sommes pas souvent présents et nous en sommes désolés.
- Vous n'avez pas à vous excuser, je comprends très bien.
- Tu sais que nous t'aimons.
- Oui, je le sais. Et moi aussi je vous aime.

Sentant sa peine, Falon prit sa fille dans ses bras. Malgré leurs travails accablants, Falon et son mari Fergus aimaient profondément leur fille. Falon était agent de bord tandis que son mari travaillait comme co-pilote. Ils étaient conscients que malgré tout le confort dont elle bénéficiait, cela ne remplacerait aucunement une chose primordiale pour une jolie femme de son âge, la présence et l'amour de ses parents. Certes, elle n'avait jamais souffert d'une mauvaise alimentation ou bien d'un appui financier puisque ses parents lui achetaient tout ce dont elle avait besoin. Toutefois, même si sa grand-mère la prenait en charge pendant l'absence de ses parents, Kelly-Ann éprouvait depuis très longtemps une insécurité affective. De plus, depuis son jeune âge, elle souffrait aussi de nyctophobie, maladie rare caractérisée par la peur du noir ou de devenir aveugle.

Après ce geste de tendresse entre la mère et sa fille, elles discutèrent de sujets divers pendant leur souper. Falon fut surprise d'apprendre que sa fille aimait beaucoup exprimer ses émotions par l'intermédiaire de l'écriture. Kelly-Ann était une fille hyper sensible et qu'elle avait en horreur la solitude. Souvent, lorsque sa grand-mère était encore de ce monde, elle s'arrangeait toujours pour ne pas laisser sa petite-fille adorée, seule dans un coin. Ensemble, elles pratiquaient plusieurs activités artistiques telles que l'écriture, la peinture ainsi que la poterie. Probablement que le fait qu'elle s'occupait de Kelly-Ann comme sa propre fille avait créé entre elles un lien beaucoup plus fort que celui d'une mère et sa fille. Mais quoi qu'il en soit, Falon savait que la grand-mère de sa fille lui manquait terriblement tout comme à elle-même. Seul le temps réussira à effacer la douleur que créa la perte d'un être cher...

Le lendemain, Falon partit à l'aube pour travailler et laissa un petit mot à sa fille sur la table de cuisine. Quelques heures plus tard, Kelly-Ann se réveilla et se leva. Elle constata que sa mère était déjà partie. Arrivée dans la cuisine, elle lut le mot que sa mère lui avait laissé.

Allo ma belle,

Je voulais que tu saches que j'ai adoré notre souper

et je te promets que je vais faire en sorte que cela se produise plus souvent. J'ai laissé ma voiture dans le garage et j'ai pris un taxi. Si tu veux l'utiliser, j'ai accroché les clefs dans l'entrée. Sois prudente ! Nous t'aimons très fort !

Bizous de maman et papa

P.S. Je vais tenter de convaincre ton père de se joindre à nous pour le prochain repas que je vais nous organiser.

Kelly-Ann eut un petit sourire en lisant ce message, car elle savait que pour convaincre son père de se joindre à eux n'était pas gagné d'avance. Fergus, qui était le nom de son paternel, ne lui avait jamais vraiment accordé de temps. Était-ce parce qu'il n'avait jamais désiré d'enfant ? Ou bien, parce que son travail passait toujours au détriment de sa femme et de sa fille. Lui seul pouvait répondre à cette question, néanmoins, Kelly-Ann ne comptait plus sur lui depuis très longtemps.

Elle se prépara un bon petit déjeuner et regarda les nouvelles. On annonçait des journées ensoleillées pour les trois prochains jours. Après avoir terminé son repas, elle alla à la boîte aux lettres pour récupérer le courrier. Soudain, une des enveloppes attira son attention. En voyant que cette lettre provenait du collège de

Springfield, un mélange d'excitation et de nervosité s'empara d'elle. Kelly-Ann l'ouvrit.

Mademoiselle Kelly-Ann Guess,

Cette lettre est pour vous informer que votre demande de bourse d'études a été acceptée...

Elle cria de joie sous l'euphorie. Elle sautait partout dans la maison en lançant des cris de bonheur. « *Enfin, je pourrai réaliser mon rêve de devenir une journaliste accomplie* », se dit-elle. Lorsque Kelly-Ann reprit ses sens, elle relut la lettre. Dans son idée, elle avait cru qu'elle aurait pu revenir les fins de semaine pour rendre visite à ses amies, mais en reprenant la lecture de cette lettre, elle constata qu'elle devrait vivre sur le campus du collège à temps plein. La jeune femme comprit qu'elle avait un choix difficile à faire, soit partir pour réaliser l'un de ses plus grands rêves ou bien rester à Stafford pour ses amies et trouver un emploi minable. Même si ce choix semblait simple, pour Kelly-Ann cela était loin de l'être. Si elle décidait de partir, pourrait-elle s'habituer à cette solitude ? Elle n'en était pas tout à fait convaincue. Une chose devenait évidente pour elle, c'est qu'elle devait prendre une décision et en informer ses parents le plus tôt possible...

Chapitre 3

Colis de l'horreur

Des hurlements de sirènes retentirent dans la ville de Springfield. Les autorités ainsi que les urgences arrivèrent sur le lieu où l'on y avait déposé un colis. Lorna-Dusty Fletcher était encore étendue de tout son long, inconsciente, tandis que son mari, Morgan Fletcher, vomissant devant l'horreur. Son voisin, Max McFee ne savait plus où donner de la tête. Son regard allait de la femme de Fletcher, à son mari qui vomissait de tout son corps à la tête ensanglantée qui gisait sur le sol. Max fut soulagé d'entendre les secours arriver ! Les ambulanciers se pressèrent vers la femme toujours inconsciente. Pendant ce temps, deux agents du FBI sortirent de leur véhicule et s'empressèrent d'arriver sur le lieu pour interroger le témoin principal et celui qui avait fait l'appel.

- Bonjour, je suis l'agent J. R. Bartley et voici l'agente Kayci Tamaras. C'est vous qui avez appelé ?

- Oui, je suis le voisin d'en face et je m'appelle Max McFee.
- Pouvez-vous nous raconter ce qui s'est passé ?
- En fait, tout ce que je peux vous dire c'est que j'ai entendu un hurlement qui m'a réveillé en sursaut. Lorsque je suis arrivé, j'ai vu Lorna inconsciente et son mari Morgan qui vomissait. C'est en voyant la tête ensanglantée que j'ai compris ce qui se passait.
- Très bien. Dites-moi, est-ce que vous avez vu quelqu'un d'autre que vos voisins, dans les environs ?
- Je ne pourrais vous le confirmer, car j'ai tellement été estomaqué de voir cette scène que mes yeux n'ont pu rien voir d'autre.
- Je comprends. Kayci, voudrais-tu interroger Monsieur Fletcher pendant que moi je vais aller parler aux ambulanciers afin de savoir si je pourrais interroger sa femme. J'ai cru apercevoir qu'elle venait de se réveiller.
- Oui. Pas de souci.
- Très bien. Nous pourrons rédiger notre rapport avec ce que nous avons recueilli comme témoignages.
- J'y vais.

L'agente Kayci Tamaras était une très jolie femme aux traits féminins. Ses yeux d'un gris-bleu et ses cheveux noirs faisaient ressortir davantage la beauté de son visage. Elle avait des lèvres pulpeuses et des formes qui ne laissaient aucun homme indifférent. Cependant, Kayci n'était pas attirée par les hommes au regret de ceux-ci. Elle s'avança vers Morgan qui avait cessé de vomir, car on avait récupéré la tête sanglante ainsi que la boîte dans laquelle elle avait été mise et ces deux éléments devenaient des pièces à conviction pour l'enquête.

- Bonjour Monsieur Fletcher, est-ce que vous vous sentez mieux ?
- Oui, merci.
- Je suis l'agente Tamaras chargée de l'enquête et je voudrais vous poser quelques questions si, évidemment, vous pensez être en état de me répondre.
- Je vais mieux, ne vous inquiétez pas. Je vais répondre de mon mieux à toutes les questions que vous me poserez, lui répondit Morgan, en constatant le charisme irrésistible et la sensualité que cette femme dégageait.
- Avez-vous aperçu la personne qui a déposé ce colis ?
- Malheureusement, non.
- Quelle heure était-il lorsque vous avez vu cet objet ?
- Environ sept heures trente.
- Vous n'avez pas trouvé étrange que l'on dépose un colis devant votre porte ?
- Évidemment, mais je croyais que c'était mon voisin qui voulait me faire une blague.

- Vraiment ?
- Oui, car Max est un farceur de nature, alors…
- Très bien et qu'est-ce qui vous fait croire que ce ne serait pas lui effectivement qui aurait déposé ce colis devant chez vous ?
- Voyons, madame ! Mon voisin est farceur, mais ce n'est pas un meurtrier.
- Vous en êtes sûr ?
- Évidemment ! Quelle question ridicule, répondit-il, insulté.
- Désolée, je ne voulais pas vous offenser.
- Non, ça va.
- Avez-vous des ennemis ?
- Je ne crois pas.
- Des dettes ?
- Cela ne vous regarde aucunement, madame ! lança-t-il, offensé.
- Écoutez, je ne fais que vous poser des questions pour l'enquête. Ne le prenez pas personnel, je ne fais que mon travail.
- Je suis désolé. Vous comprendrez que je suis encore sous le choc.
- Oui, je comprends Monsieur Fletcher. Si vous ne vous sentez pas en état de me répondre, je pourrais revenir ou vous pourriez aussi me contacter.
- Vous avez raison. Je crois que l'instant est mal choisi pour répondre à vos questions.
- Alors dans ce cas, voici ma carte. Téléphonez-moi, lorsque vous vous sentirez mieux, d'accord ?

- Oui. Encore désolée.
- Ne vous en faites pas, nous sommes habitués à ce genre de situation et sachez que nous vous comprenons.
- Merci.
- Je vous laisse vous reposer et dès que vous irez mieux, vous avez mon numéro.
- Très bien.
- Reposez-vous et on se reparle.
- D'accord.

L'agente Tamaras laissa Monsieur Fletcher et se dirigea vers son co-équipier afin de l'informer de la situation.

- Je crois que Monsieur Fletcher a besoin de se reposer. Toi de ton côté, as-tu eu plus de succès ?
- Non pas vraiment, sa femme est encore sous le choc. Les ambulanciers n'ont pas voulu que je l'interroge. Ils l'ont mise sous sédatif afin de la calmer.
- D'accord. Que faisons-nous en attendant ?
- Nous allons retourner au bureau afin de nous renseigner sur les gens que nous venons d'interroger pour savoir s'ils nous cachent quelque chose.
- Très bien.

Les deux agents du FBI prirent la direction de leur bureau pendant qu'on transportait les Fletcher à l'hôpital de Springfield. Évidemment, les journalistes ainsi que des curieux s'étaient rassemblés devant la demeure du voisin des Fletcher afin de questionner Monsieur McFee. Celui-ci fit la sourde oreille devant les journalistes en ne répondant à aucune question et rentra chez lui en leur claquant la porte. Voyant qu'ils n'obtenaient rien d'un des principaux témoins, ils quittèrent les lieux suivis des autres curieux.

Quelques heures plus tard, l'agente Tamaras reçut un coup de fil du département des experts légistes responsables de l'enquête du « colis de l'horreur », tel qu'ils l'avaient surnommé.

- Bonsoir, agente Tamaras, c'est Brandon Hopers, médecin légiste responsable de l'enquête sur le colis reçu par les Fletcher ce matin.
- Bonsoir docteur Hopers, je vous écoute !
- Selon l'expertise que j'ai effectuée, la tête aurait été sectionnée à l'aide d'une arme tranchante.
- De quel type, selon vous ?
- Je dirais probablement une hache.
- Une hache ? s'étonna-t-elle.
- Oui.
- Que pouvez-vous nous dire de plus ?
- D'après les prélèvements faits, la tête serait celle d'une femme, le groupe sanguin serait A plus et, de plus, je peux confirmer que le décès ne remonte à pas plus de vingt-quatre heures.
- Avez-vous pu l'identifier ?

- En effet ! Il s'agirait d'une jeune étudiante de vingt-deux ans du nom de Becky Cox qui étudiait au collège de Springfield pour devenir une future policière.
- Mon Dieu ! Je n'en reviens pas ! Si jeune et déjà six pieds sous terre ! En plus, je suis persuadée que son avenir dans la police était assuré !
- Pourquoi dites-vous cela ?
- Je connais ses parents, répondit-elle sur un ton morose.
- Désolé, je l'ignorais.
- Vous ne pouviez pas savoir. Ce n'est pas grave.
- Je ne sais pas quoi vous dire, répliqua Brandon mal à l'aise.
- Il n'y a rien à dire.
- Je vous offre mes sincères sympathies à vous et sa famille.
- Merci, je leur transmettrai.
- Je dois vous laisser. J'ai encore beaucoup de boulot qui m'attend.
- Vous ne prenez jamais de pause ?
- Je ne connais pas ce mot, lui dit-il pour la faire rire, mais il vit que cela ne fonctionnait pas.
- Je vous dis bon travail et bonne soirée.
- Oui merci, à vous aussi.

L'agente Tamaras raccrocha d'un air distrait. La famille Cox, elle la connaissait très bien, car elle avait fréquenté la sœur de Becky, mais en avait gardé un goût amer. En effet, la sœur de Becky, Helen, s'était suicidée à la suite des préjugés et au fait que ses parents étaient homophobes. Se sentant rejetée par eux, Helen avait décidé de mettre fin à ses jours. Après la tragédie, l'agente Tamaras perdit tout contact avec la famille. Plus jamais elle n'entendit parler d'eux, du moins jusqu'à aujourd'hui...

Kayci arriva chez elle quelques minutes après avoir reçu cet appel qui la troublait encore. Elle décida d'aller prendre un bain de mousse afin de se détendre. Lorsqu'elle se déshabilla, ses vêtements révélèrent une silhouette parfaite. Des seins très fermes, des lèvres pulpeuses, un menton féminin, des fesses aux courbes sensuelles révélant la beauté de cette femme et qui ferait pâlir d'envie un mannequin. Son corps n'avait aucun défaut à l'exception des taches de rousseur sur ses épaules, quoique cela lui donnait davantage du charme même si à son point de vue, ces taches ne représentaient rien de sexy.

Elle enroula une serviette autour de sa taille et se dirigea vers la salle de bain. Elle fit couler une eau tiède et alla chercher une bouteille de vin qui avait été entamée la veille et en versa dans une coupe de cristal. Lorsque son bain fut prêt, elle s'y engouffra avec douceur. Dans la tête de Kayci, de douloureux souvenirs refirent surface. Elle se remémora les nombreuses disputes qu'elles avaient eues à cause des parents d'Helen. À l'inverse, les parents de Kayci n'avaient porté aucun jugement vis-à-vis l'orientation sexuelle de leur fille. Pour eux, le plus important était son bonheur. Contrairement à sa conjointe, Helen vivait régulièrement des confrontations avec ses parents. En raison de la pression qu'elle ressentait de ceux-ci, elle avait décidé de mourir, car rien n'était plus difficile pour elle que de voir dans leurs yeux du jugement ou des préjugés.

Kayci mit plusieurs mois avant de leur pardonner. En fait, même aujourd'hui elle ressentait encore un peu de rancœur envers eux. Il arrive que parfois, les douloureux moments du passé refassent surface, telle une cicatrice qui n'a jamais vraiment réussi à guérir...

Après une heure de saucette, Kayci sortit du bain, les doigts fripés comme une vieille blouse. L'eau glissait sur sa peau soyeuse. Sur son corps de rêve, un frémissement apparaissait révélant sa fragilité. Elle prit la serviette qu'elle avait déposée sur le bord du bain et s'essuya. Par la suite, elle s'enveloppa de celle-ci et prit la direction de sa chambre pour enfiler un pyjama de coton fleuri. L'agente du FBI ouvrit le réfrigérateur à la recherche de quelque chose qu'elle pourrait grignoter devant la télévision. Elle aperçut des biscottes de seigle ainsi qu'un morceau de foie gras. En pensant aux kilos qui s'ajouteraient en ingurgitant ce pain et ce foie gras, elle changea d'avis et se contenta d'un yogourt aux fraises et d'une pomme verte. Elle s'installa finalement devant le téléviseur pour regarder les nouvelles.

- *Ici les nouvelles du Springfield News. Je suis Phils Collins et nous rejoignons notre collègue Barty Preston pour les nouvelles du jour.*
- *Bonsoir, Phils ! Selon nos sources, il semblerait que le « Boucher de Springfield » ait encore frappé aujourd'hui, en effet...*

Kayci interrompit ce bout d'information en changeant de chaîne pour finalement décider d'éteindre le téléviseur après avoir terminé de manger son yogourt et sa pomme. Elle mit sur ses oreilles une paire d'écouteurs puis s'installa sous les couvertures. Kayci adorait écouter de la musique de détente avant de tomber dans un sommeil profond et c'est ce qui arriva, ses paupières s'alourdirent et elle s'endormit...

Chapitre 4

Un cauchemar effroyable

La jeune femme descendit du taxi et prit la direction de la gare. À quelques mètres d'elle, une fourgonnette rouge était immobile dans le stationnement. Des yeux meurtriers l'observaient avidement. La femme aux traits angéliques se rendit au guichet pour acheter un billet de train qui menait à Springfield. L'individu sortit de son véhicule et suivit de loin la jolie dame. Celle-ci ne remarqua aucunement que quelqu'un l'observait. Elle prit le billet que la caissière lui remit et se dirigea en direction du quai neuf qui indiquait un départ dans moins d'une quinzaine de minutes. L'étranger comprit que cette femme au charme irrésistible prenait le train pour Springfield. « *Tiens, tiens ! Si j'avais su, je ne l'aurais pas suivie pendant toute la journée, cette putain de luxe !* se dit-il, sur un ton frustré. En fait, Jack connaissait cette femme aux traits angéliques, puisque sa demi-sœur Tassy avait été parmi l'une de ses premières victimes. À l'époque, Tassy avait été sa petite amie, du moins c'est ce qu'il avait cru...

Joana Perks était encore plus jolie que sa demi-sœur Tassy. En réalité, elles avaient la même mère, mais pas le même père. Pour cette raison, Joana ne ressemblait pas beaucoup à sa demi-sœur. Elle avait les yeux verts comme ceux d'un chat, ses cheveux longs d'un brun roux tombaient sur ses épaules et descendaient jusqu'au bas de ses fesses aux formes rondes. Sa voix mielleuse et son visage arrondi lui donnaient une douceur qu'elle ne possédait plus quand elle sentait qu'on voulait la contrôler. En effet, ses clients la trouvaient très farouche lors de leurs ébats sexuels. Certains d'entre eux se plaignaient tandis que d'autres en redemandaient. Cette femme, bien qu'elle semblât aussi fragile qu'un pétale de rose ne s'en laissait pas imposer. Bien au contraire ! En moment de panique, elle ressemblait à une vraie tigresse !

Cette femme eut un passé très lourd et difficile. Son père les avait abandonnées lorsqu'elle était enfant et sa mère souffrait d'alcoolisme. Souvent, Joana trainait dans les grandes rues pour rechercher l'affection d'un père et d'une mère qu'elle n'avait pas vraiment connus. Contrairement à sa demi-sœur Tassy qui était plus jeune qu'elle, sa vie fut très différente, car, à l'âge de cinq ans, elle fut placée dans une famille d'accueil et fut adoptée.

Malheureusement, Joana n'eut jamais cette chance !
Depuis son adolescence, elle ne connut que la drogue,
l'alcool et la débauche. Vers l'âge de seize ans, elle avait
commencé à danser dans les bars. Cependant,
aujourd'hui, elle était devenue ce qu'on appelait « une
prostituée de luxe » et travaillait pour une agence « *La
maison des filles de joie* ». L'argent menait maintenant sa
vie. Sa carrière de prostituée de luxe lui permettait de
loger dans les meilleurs hôtels et de voyager dans
plusieurs villes. Depuis que sa demi-sœur avait été
retrouvée décapitée par le boucher de Springfield, elle
avait décidé de faire plus attention aux clients et trainait
toujours sur elle du poivre de Cayenne. Heureusement
pour ses clients, elle n'avait jamais eu à en faire l'usage,
du moins pour l'instant...

Une quinzaine de minutes s'étaient écoulées lorsque
Joana vit à l'horizon le train de la gare venir dans sa
direction. Nous loin d'elle, des yeux l'espionnaient sans
pour autant que cette jolie femme s'en aperçoivent, trop
préoccupée par le train qu'elle regardait avec
soulagement. « *Enfin !* », se dit-elle. Les wagons
s'arrêtèrent, elle attendit que les portes s'ouvrent. Dès
que ce fut le cas, Joana s'installa confortablement dans
l'un des wagons et observa ce qui se passait à l'extérieur
de celui-ci. Elle vit les yeux du boucher qui la
dévisageaient. Sa réaction fut instantanée pensant que
c'était un pervers par son regard, elle lui fit un doigt

d'honneur pendant que le train avançait de plus en plus rapidement. L'individu lui lança un regard meurtrier et elle le perdit dans l'élan du train.

Déjà une trentaine de minutes s'étaient écoulées entre le regard du boucher et le départ du train. Elle venait de réaliser qu'elle avait peut-être échappé à un pervers. « *Une chance !* » pensa-t-elle. Sur l'entrefaite, l'hôtesse du train arriva avec son plateau devant Joana à l'improviste et la fit sursauter.

- Pardon, madame ! Je ne voulais pas vous faire peur, s'excusa l'hôtesse.
- Non, ce n'est rien !
- Puis-je vous servir quelque chose à boire ou bien à manger ?
- Une bouteille d'eau fera l'affaire, merci !
- De rien. Le TramWay FastLine vous souhaite un agréable voyage. Bonne soirée, Madame.
- Merci, vous de même.

L'hôtesse lui remit une bouteille d'eau et continua son chemin. Le cœur de Joana sursautait encore. *Je devrais me reposer, je crois que la fatigue gagne du terrain*, se dit-elle. Elle abaissa le siège et s'installa de confortablement, il lui restait une heure de trajet à faire avant d'arriver à la gare de Springfield. *J'ai assez de temps pour faire une petite sieste*, pensa-t-elle. Aussitôt les yeux fermés, elle s'endormit...

Joana tomba dans un profond sommeil. Elle avait l'impression qu'elle venait de faire un bond dans le temps et se revit avec sa demi-sœur à l'âge de cinq ans. Elles jouaient à la marelle dans la cour arrière. Elle se rappela le rire de sa demi-sœur, « *comme elle me manque* », se dit-elle, en réalisant qu'elle rêvait. Soudain, les images changèrent et elle se vit quelques années plus tard dans une chambre qui ne lui disait rien. Joana était vêtue d'un déshabillé rouge vif et était étendue sur un lit en forme de cœur. Elle vit dans l'ombre des yeux d'un rouge diabolique et cette chose cachée dans la pénombre lui faisait « *froid dans le dos* ». La silhouette d'un homme s'approcha en prononçant son nom de plus en plus fort. La peur envahit le corps de Joana qui se mit à trembler.

Inopinément, elle se sentit bousculée et se réveilla en sursaut en apercevant l'hôtesse qu'elle avait vue un peu plus tôt dans le wagon. Encore traumatisée par ce qui venait de se passer, elle réalisa que ce n'était pas un rêve qu'elle avait fait, mais un cauchemar. Elle reprit ses sens et entendit la petite voix de l'hôtesse du train.

- Désolée de vous avoir réveillée, Madame. Nous sommes arrivés à Springfield.
- Heuuuu... oui, merci, répondit Joana encore sous le choc du cauchemar dont elle venait tout juste d'émerger.

Lorsqu'elle se leva de son banc, elle faillit trébucher,

prise d'un soudain étourdissement. Son cœur battait encore la chamade tellement son réveil avait été brutal.

La fille de joie sortit du wagon. En marchant quelques pas, elle aperçut un taxi et se dirigea dans sa direction. En apercevant cette jolie femme, le chauffeur s'empressa de venir lui ouvrir la portière arrière.

- Bonsoir, jolie dame. Je vous en prie, prenez place !
- Bonsoir et merci !

L'homme regarda dans son rétroviseur pour admirer la beauté de cette femme à la poitrine volumineuse. Puis, lui demanda :

- Où dois-je vous conduire, jolie dame ?
- Au Holyday Inn Hotel, s'il vous plaît.
- C'est parti ! lui dit-il, en lui lançant un sourire charmeur dans son rétroviseur.

Le chauffeur emprunta la route quarante-quatre et durant ce trajet sa cliente et lui demeurèrent silencieux. Arrivé à destination, le chauffeur s'empressa de lui ouvrir la porte. Joana paya le coût du taxi en plus de lui remettre un généreux pourboire et l'homme lui fit son plus beau sourire malgré quelques dents manquantes. Sourire qu'elle lui rendit avant de tourner les talons pour se diriger vers l'hôtel. Le chauffeur ne s'installa pas tout de suite dans son véhicule, il prit son temps pour contempler et déshabiller du regard cette femme aux courbes à faire rêver.

Joana pénétra dans l'hôtel et se dirigea vers la réception. Un jeune homme était penché et feuilletait un magazine d'affaires. Soudain, il sentit qu'on l'observait et leva la tête. Ses yeux plongèrent dans le regard de cette femme aux traits sensuels.

- Bonsoir Madame. Désolé, je ne voulais pas vous... tenta-t-il de s'expliquer.
- Non, ça va, coupa-t-elle.
- À quel nom est la réservation ? demanda-t-il.
- Madame Joana Perks.
- Oui, je vois. Voici la carte magnétique, c'est la suite 15057, située au quinzième étage. Vous empruntez le couloir de droite et les ascenseurs sont au milieu de ce couloir. Je vous souhaite un bon séjour parmi nous ainsi qu'une bonne nuit. Si vous avez besoin de quoi que ce soit, vous avez une ligne directe avec la réception dans votre suite.
- Merci infiniment.

Elle prit la carte magnétique et se dirigea vers le couloir de droite puis vit les ascenseurs au milieu. Joana appuya sur le bouton qui s'illumina d'un vert fluorescent indiquant que celui-ci venait du sous-sol pour monter vers les étages supérieurs. À cette heure tardive, il n'y avait pas beaucoup de clients et les ascenseurs se déplaçaient plus rapidement. La porte s'ouvrit et la prostituée de luxe entra et aussitôt les portes se refermèrent derrière elle. Une voix métallique lui demanda à quel étage elle voulait accéder et, par la suite, cette même voix énuméra chacun des étages franchis pour finalement s'arrêter au quinzième. Les portes s'ouvrirent et Joana sortit de l'ascenseur. Elle longea le couloir de droite à la recherche de sa suite. Une fois devant la porte, elle y inséra sa carte magnétique et un déclic se fit entendre annonçant que la porte était maintenant déverrouillée.

Le décor qui se dégageait de cet appartement était extrêmement luxueux. Un joli lustre aux couleurs multiples à l'entrée éclairait sans laisser aucun racoin dans l'ombre. Les planchers de cristal étaient éclatants ce qui confirmait qu'on l'avait récemment verni. Sur les murs de l'entrée, il y avait de magnifiques toiles qui représentaient des paysages à couper le souffle ! Devant celles-ci, un grand salon garni d'une bibliothèque murale, d'un long fauteuil confortable, d'une table marbrée et d'un téléviseur qui s'étendait sur un mur complet. Derrière ce salon, il y avait un couloir qui menait à une cuisine bien garnie et, pour finir, en diagonale se trouvait une luxueuse chambre des maîtres, décorée de meubles qui avaient été faits à la main. Au centre de cette grandiose chambre, un magnifique lit à la forme octogonale lui donnait un style très particulier. Finalement, une porte menait à une salle de bain qui avait la grandeur de trois pièces. À gauche, un bain antique à pattes et aux robinets chromés, lui donnait une authenticité inégalable. À la droite, un lavabo dans les tons de gris et de blanc longeait le mur en entier et, tout au fond, une double douche à deux portes finalisait cette pièce de luxe.

Satisfaite, Joana ferma la porte derrière elle puis se laissa tomber sur le long fauteuil. Après quelques minutes, elle se dévêtit pour aller prendre un bon bain. La journée avait été exténuante pour elle. Lorsqu'elle fut enfin installée dans ce bain de luxe, elle prit une profonde respiration pour laisser sortir toute la tension accumulée. Une demi-heure s'était écoulée avant que Joana décide de sortir du bain. Étant donné qu'elle avait prévu depuis quelques jours son arrivée à cet hôtel de luxe, ses bagages étaient arrivés une heure plus tôt. Lorsqu'elle sortit du bain, cette femme aux courbes sensuelles s'enroula autour de sa taille une serviette et prit la direction de la chambre principale. Elle vit que ses bagages étaient installés tout près du lit. Joana ouvrit une valise pour y prendre ses sous-vêtements ainsi qu'un déshabillé en dentelle rouge. Après les avoir enfilés, elle fouilla dans le réfrigérateur pour y prendre une bouteille de vin rouge puis remplit sa coupe à moitié. Par la suite, elle s'installa devant la télévision tandis qu'au même moment, on annonçait une nouvelle de dernière heure.

- *Bonsoir à vous, chers téléspectateurs, ici les nouvelles du Springfield News. Je suis Phils Collins et allons rejoindre mon collègue Barty Preston en direct.*

- *Bonsoir Phils, nous avons été informés que le « Boucher de Springfield », dont la réputation n'est plus à faire, aurait frappé à nouveau. En effet, selon nos sources, un couple aurait fait la découverte d'un colis déposé devant leur domicile la nuit précédente. Il semblerait que ce colis contenait la tête d'une victime de ce tueur en série. D'après le FBI, la victime serait une étudiante du Collège de Springfield. Les agents n'ont pas voulu nous dire plus de détails étant donné qu'une enquête est en cours...*

Joana n'attendit pas que le journaliste termine son reportage, elle ferma le téléviseur s'étirant de tout son long en bâillant de fatigue. Elle ne prit pas la peine de ramasser sa coupe de vin qui était au tiers et alla s'étendre sur son gigantesque lit. En déposant la tête sur son oreiller, elle s'endormit aussitôt.

Le lendemain matin, elle se réveilla et commanda un petit déjeuner à sa chambre. Du lieu où elle était, elle pouvait admirer la vue de la ville de Springfield. Le ciel était sans nuages et d'un bleu magnifique. Joana avait prévu faire quelques boutiques afin de s'acheter des vêtements à la mode et par la suite, dévaliser la pharmacie pour acheter des produits pour se faire une beauté. Elle enfila une jolie mini-jupe en jeans et un chandail turquoise, elle retira le collier qu'elle avait oublié d'enlever la vieille avant de s'endormir. Joana prit son sac à main et sortit de la suite pour emprunter l'ascenseur. Une fois au rez-de-chaussée, elle sourit au réceptionniste qui lui souhaita une bonne journée et quitta l'hôtel en empruntant un grand boulevard qui menait vers les boutiques de lingerie. Au moment où elle s'apprêtait à entrer dans une nouvelle boutique, son cellulaire sonna et elle répondit aussitôt.

- Oui, allo !
- C'est Martha de la *maison des filles de joie*. Je voudrais savoir si vous êtes disponible pour travailler ce soir ?
- Oui, Martha. Vous avez un client pour moi ?
- En effet. Dites-moi, est-ce que le nom de Jack vous dit quelque chose ?
- Non, pourquoi ?
- Le client a demandé que ce soit vous spécifiquement.
- Ah bon ! dit-elle surprise, car il était assez rare qu'un client demandait une prostituée précisément.
- Je sais que normalement vous devez nous donner un pourcentage après avoir effectué votre travail, mais pas cette fois-ci.
- Comment ça ?
- Le client a déjà payé en avance en plus d'avoir donné un généreux pourcentage pour vous que je vous remettrai lorsque vous viendrez me voir demain.
- Il a déjà tout payé ? s'étonna-t-elle.

- Oui. Je dois avouer que normalement ce n'est pas la procédure de la maison, mais avec ce qu'il a donné, je lui ai dit que nous ferions une exception pour lui et qu'évidemment, le service serait impeccable. Si tu vois ce que je veux dire ?
- Évidemment !
- Alors, c'est d'accord pour ce soir ?
- Bien sûr. Où aura lieu la rencontre ?
- Vous avez un rendez-vous tout près du Second Cup, juste à côté de ce café, il y a le motel « Folles nuits », il vous attendra dans le hall d'entrée. N'oubliez pas de nous contacter une fois votre travail terminé.
- Est-ce que le client a exprimé des goûts spéciaux en matière vestimentaire ?
- Aucunement.
- Parfait.
- N'oubliez pas que la prudence est de rigueur.
- Oui, je le sais Martha, comme d'habitude j'ai toujours sur moi mon poivre de Cayenne.
- Excellent !
- Je vous recontacte après mon travail accompli.
- Très bien.

Après avoir raccroché, Joana continua de faire ses achats sans se douter qu'un danger la guettait. Habituée à ce rythme de vie, elle savait que la nuit serait longue. Cependant, elle ne savait pas jusqu'à quel point elle le serait...

Chapitre 5

Le secret de Krystel

Craignant la noirceur, elle avait laissé la lampe allumée, passant toute la nuit à réfléchir. Kelly-Ann avait finalement décidé de partir et d'en informer ses parents. Elle prit le téléphone et contacta sa mère.

- Allo maman.
- Allo ma belle, comment vas-tu ?
- Très bien.
- Est-ce que tu as quelque chose à me demander ?
- Oui et aussi une nouvelle à t'apprendre.
- Ah oui, de quoi s'agit-il ?
- J'ai reçu une réponse à ma demande de bourse d'études.
- Et puis ? lui demanda-t-elle tout excitée.
- Tu vas être contente maman, j'ai été acceptée.
- Youupiiiiiiii ! Je suis contente pour toi ma chérie.
- Moi aussi maman, ça va me changer les idées.
- Oui, c'est sûr.

- J'attendais la réponse avec tellement d'inquiétude.
- Je comprends, mais tu vois, tout est pour le mieux.
- Oui, je sais.
- Quand dois-tu partir ?
- Au plus tard demain, mais je crois qu'il serait mieux que je parte après le souper.
- Très bien. Au fait, que voulais-tu me demander ?
- Je ne sais pas si tu vas vouloir, mais j'aimerais t'emprunter ta voiture pour m'y rendre. Tu pourrais demander à papa de t'accompagner pour venir la récupérer et de cette façon, je pourrais vous faire visiter le campus.
- Je dois avouer que c'est une excellente idée, ma belle.
- Alors, tu es d'accord ?
- Oui, mais à une seule condition.
- Laquelle ?
- Promets-moi d'être très prudente sur les routes.
- Oui, maman. Je te le promets.
- Excellent. N'oublie pas de m'appeler avant de partir de la maison et aussi une fois arrivée au campus, d'accord ?
- Oui, ne t'inquiète pas, je le ferai.
- J'imagine que tu vas devoir dire un au revoir à tes amies ?
- En effet.
- Je sais que ça doit te faire de la peine, mais elles pourront t'appeler là-bas.
- C'est ce que j'avais l'intention de leur dire tantôt

lorsque je les verrai.

- N'oublie pas que si tu as besoin de quoi que ce soit, nous sommes là.
- Oui, je sais maman et je vous en remercie.
- Sois prudente !
- Oui maman, tu me l'as déjà dit.
- Tu as raison ! Alors, je te souhaite une bonne route.
- Merci maman.
- Nous t'aimons très fort ma belle. Sa voix devint plus mélancolique même si elle tentait de fournir des efforts pour ne pas le laisser paraître.
- Moi aussi maman, je vous aime très fort, lui répondit Kelly-Ann constatant qu'il y avait de la tristesse dans la voix de sa mère.
- Je dois te laisser, car nous embarquons bientôt dans l'avion.
- D'accord. Bon voyage à toi aussi maman !
- Merci ma belle et n'oublie pas de me téléphoner ou bien de m'envoyer un message avant ton départ et à ton arrivée là-bas.
- Oui, je sais maman.
- On se reparle bientôt ma chérie, n'oublie pas que je t'aime.
- Oui, moi aussi.

Elles raccrochèrent en même temps. Sur les joues de la jeune femme coulaient discrètement des larmes. Les au revoir n'avaient jamais été ce qu'elle préférait. Avant d'envoyer un texto à ses amies pour leur fixer à nouveau un rendez-vous au restaurant du coin, elle prépara sa valise. Ainsi, elle serait prête à partir à son retour. Une fois terminée, la jeune femme ne prit pas l'auto puisque le restaurant n'était qu'à quelques rues de la maison. Juste avant son départ, elle leur envoya un message pour fixer le lieu de rencontre. Kelly-Ann sortit de chez elle le cœur gros, car elle savait que ce qui s'en venait ne serait pas une tâche facile, surtout pour Krystel, sa confidente la plus proche, qui venait tout juste de perdre sa grand-mère.

Elle prit son courage à deux mains et arriva devant le restaurant puis y pénétra. Elle vit ses amies en grande discussion. Trop préoccupées par leur conversation, elles ne virent pas que Kelly-Ann les écoutait et attendait qu'elles finissent leur causerie. Soudain, Krystel l'aperçut du coin de l'œil.

- Hey, les filles, Kelly-Ann est là ! s'écria-t-elle.
- Bonjour les filles. Je vois que vous étiez en très grande discussion, leur dit-elle en les taquinant.

Janis, Kimberly et Bianca tournèrent la tête de façon brève et synchronisée telle des nageuses professionnelles exécutant une figure de style. En les voyant faire ce mouvement en même temps, Kelly-Ann eut un fou rire.

- Ça va les filles ?
- Oui, Kelly-Ann. Très bien, répondirent-elles d'une même voix.

- De quoi voulais-tu nous parler ? demanda Janis.
- Ça avait l'air important, ajouta Bianca, un peu inquiète.
- J'espère que tu n'as pas une mauvaise nouvelle à nous annoncer ? compléta Krystel.
- En fait, j'ai une bonne et une mauvaise nouvelle.
- Je le savais, je le savais, lança Kimberly.
- Veux-tu te taire et la laisser parler, bon sang, Kim ! la coupa Janis.
- Merci Janis. La bonne nouvelle c'est que j'ai reçu une lettre du Collège de Springfield et j'ai été acceptée pour la bourse d'études.
- Bravo ! lança Bianca.
- Merci.
- Et la mauvaise nouvelle ? s'empressa de demander Krystel.
- Je dois partir ce soir.
- QUOI !
- J'avoue que je comprends votre réaction, les filles, mais...
- Oui, moi je comprends et je te félicite, se pressa de dire Janis pour lui démontrer sa compréhension.
- Moi aussi, je te félicite et je suis contente pour toi, ajouta Kimberly.
- Tu as toujours voulu faire des études plus poussées dans le domaine du journalisme, alors c'est ta chance, dis Bianca enjouée et heureuse pour son amie.

Elles étaient toutes contentes pour elle à l'exception

de Krystel qui ne partageait pas leur enthousiasme. Elle savait très bien qu'en partant, elle se ferait de nouvelles amies et qu'elle risquerait de la perdre. D'ailleurs, depuis quelques semaines, Kelly-Ann ne se confiait plus à elle. Elle demeurait très discrète. Pourtant, elle savait très bien qu'elle ne risquait rien avec Krystel qui n'avait jamais révélé ses secrets les plus intimes. D'ailleurs, personne ne savait, pas même Kelly-Ann, que Krystel cachait un amour secret vis-à-vis sa meilleure amie. À cet instant, la jolie rousse aux yeux bleus venait de prendre la décision de lui révéler les sentiments qu'elle éprouvait pour la jeune femme. Même si elle savait pertinemment les risques qu'elle encourait en lui révélant ce terrible secret, elle se disait que de toute façon, il fallait qu'elle cesse de se bercer d'illusions ou de fantasmes qui ne deviendraient jamais réalité...

Pendant que Kelly-Ann faisait le tour de ses amies pour leur faire un câlin à tour de rôle et leur promit qu'elle les recontacterait pour leur faire part des nouveaux développements, Krystel lui avait discrètement murmuré à l'oreille qu'elle avait quelque chose de très important à lui dire en privé. Kelly-Ann comprit et lui répondit en murmurant qu'elle l'attendrait avant de prendre la route vers Springfield.

Quelques minutes après qu'elle fut arrivée chez elle, on sonna à la porte. Kelly-Ann se doutait bien que ce ne pouvait être que Krystel. Elle alla lui ouvrir et l'invita à entrer. Elle vit le regard triste de sa meilleure amie sans vraiment deviner de quoi elle voulait lui parler en privé. Seulement par ses yeux, Kelly-Ann comprit que l'annonce de son départ n'avait pas fait le bonheur de tous.

- Je sais que mon départ ne te plaît pas.
- Désolée, je ne suis pas capable de cacher mes émotions.
- Je peux comprendre que tu puisses te sentir triste à cause de mon départ, mais tu aurais pu aussi être contente pour moi. Je vais enfin pouvoir faire un métier dont je rêve depuis que nous sommes toutes petites. Tu te souviens, je ne cessais de t'en parler ?
- Sache que moi aussi je ne veux que ton bonheur.
- Mais alors où est le problème ? Je ne comprends pas ta réaction.
- Je devais te le dire avant que tu partes.
- Que veux-tu me dire ? Éclaire-moi, je ne comprends pas.
- Kelly-Ann, je suis amoureuse de toi, finit-elle par lui révéler.
- QUOI ? s'étonna-t-elle.
- Tu as bien compris. Je suis amoureuse de toi et cela dure depuis trop longtemps. J'aurais dû t'avouer mes sentiments bien plus tôt, mais je n'avais pas le courage de te le dire.
- Je dois t'avouer que je m'attendais à n'importe

quoi de ta part, mais sûrement pas à recevoir ce genre de révélation. Surtout avant mon départ.

- C'est justement cette raison qui m'a fait réagir et m'a donné le courage qui me manquait pour t'avouer mes sentiments.
- Désolée, mais je suis abasourdie, pour ne pas dire sous le choc !
- Oui, je comprends ta réaction.
- Je trouve cela flatteur d'une certaine façon, mais comme tu le sais, je ne suis pas attirée par les femmes. Je suis sincèrement désolée.
- Je m'en doutais, mais je devais te le dire afin que tu le saches. Je veux te dire que la seule chose qui m'effraie c'est que tu me rejettes.
- Jamais de ma vie je ne te laisserai tomber. Tu comptes beaucoup trop à mes yeux, pas de la façon dont tu le vois, mais ça, tu le sais maintenant.
- Merci pour ta compréhension. Il y a une question que je me pose ?
- Ah oui, laquelle ?
- Pourquoi es-tu demeurée si distante avec moi depuis quelques semaines ? Ce que je veux dire c'est pourquoi tu ne te confies plus à moi comme avant ?
- Sache que ce n'est pas à cause d'un manque de confiance envers toi, car c'est tout le contraire. C'est seulement que j'étais dans une mauvaise phase, voilà tout !
- D'accord, je vois.

- Je veux que tu comprennes que même la distance ne pourra pas effacer la complicité que nous avons l'une envers l'autre. Je t'aime très fort ma confidente adorée, lui dit-elle en la serrant dans ses bras pour la rassurer.

Krystel fondit en larmes et Kelly-Ann ne put retenir les siennes bien longtemps. Maintenant que Krystel avait révélé son secret le plus intime, elle se sentait soulagée et débarrassée de ce poids qu'elle portait depuis tant d'années...

Après le départ de sa confidente, Kelly-Ann s'assura qu'elle n'oubliait rien et emporta sa valise pour la mettre dans le coffre de la voiture. Le grand moment était enfin arrivé, l'heure du départ avait sonné et l'aventure débuta... Que lui réservait l'avenir ? Pourquoi sa meilleure amie lui avait-elle caché un tel secret ? Évidemment, Kelly-Ann n'était pas attiré par les femmes, néanmoins, aujourd'hui avec cette révélation, elle ne la verrait plus de la même façon. Elle resterait toujours sa meilleure amie, bien sûr ! Toutefois, elle savait que lui parler de ses futures relations avec un homme ne ferait que la blesser davantage étant donné les sentiments que Krystel éprouvait pour elle. Kelly-Ann ne voulait pas la mettre de côté pour autant, mais simplement lui éviter de souffrir encore plus. Elle n'eut nul doute du courage qu'il lui avait fallu pour avouer un tel secret. Pour cette raison, elle ne pouvait que l'admirer et espérer qu'un jour, elle trouverait enfin son âme sœur ainsi que le bonheur...

Chapitre 6

Un réflexe percutant

Pendant qu'à Stafford Kelly-Ann partait de chez elle et qu'à Springfield Joana continuait son magasinage, Jack « le boucher » s'affairait à planifier un autre plan des plus tordus pour sa prochaine victime. Il avait déjà contacté la maison des filles de joie afin de s'assurer de mettre tout en œuvre pour sa prochaine proie. Évidemment, tout était planifié depuis quelque temps déjà, mais il savait très bien que le moment n'était pas encore venu de passer à l'action, du moins jusqu'à ce soir...

Au bureau du FBI, les agents Tamaras et Bartley poursuivaient leur enquête, mais n'avaient rien trouvé de concluant pour l'instant. Entretemps, leur supérieur, Doug Jarvis, directeur du FBI, était assis confortablement sur sa chaise, feuilletant les anciens dossiers du tueur en série, Jack « le boucher de Springfield ». Depuis plusieurs années, il travaillait sur ces dossiers pour trouver un indice, mais sans le moindre succès. De plus, il se demandait les raisons qui poussaient ce meurtrier à lui envoyer une partie de leur corps après chaque meurtre commis. Était-ce pour le narguer du fait qu'il n'arrivait pas à le coincer ? Ou bien, y avait-il une autre raison ? Comme il n'avait jamais réussi à l'attraper, il pensait que ses confrères le prenaient pour un incompétent, ou pire, la risée du FBI ? À vrai dire, il ne le savait pas et n'était sûr de rien !

Soudain, on frappa à sa porte. Le directeur du FBI invita la visiteuse à entrer. Lorsque la porte s'ouvrit, le visage de l'agente Tamaras apparut.

-   Bonjour, patron.
-   Bonjour, Tamaras. Avez-vous du nouveau au sujet de l'enquête ? demanda-t-il avec un air déconfit.
-   Pour être franche avec vous, non.
-   Alors, quel est le but de votre visite ?
-   J'ai une question à vous poser.
-   Allez-y, je vous écoute.
-   Ne trouvez-vous pas cela étrange que chaque fois que le boucher tue, il vous envoie un morceau de sa victime ?
-   En effet ! Et c'est d'ailleurs l'une des questions que je me posais en feuilletant les anciens dossiers.
-   Serait-il possible que ces meurtres aient un rapport avec vous ?

- Que voulez-vous dire agente Tamaras ? Expliquez-vous.
- Je pense que ce tueur en série en a après vous.
- Ah bon !
- Je sais que je n'ai pas autant d'expérience que vous, votre réputation vous précède, mais je crois qu'il faudrait peut-être examiner l'enquête sous un nouvel angle.
- Merci, c'est gentil pour le compliment, lui dit-il en affichant un sourire gêné tout en étant flatté. Dites-moi ce que vous entendez par un nouvel angle.
- Il est certain qu'il veut vous passer un message par ses meurtres, je dirais par vengeance ou bien parce que vous êtes devenu une obsession pour lui.
- Je vois, dit-il, en prenant un air songeur.
- Vous pensez à une situation en particulier ?
- Non, je ne fais que réfléchir pour l'instant, répondit-il d'un air agacé comme si sa question venait de le sortir d'un moment de réflexion intense.
- Désolée.
- J'essaie seulement de trouver une raison à tout cela.
- Oui, je comprends, dit-elle.
- Pendant que je tente de trouver la réponse à cette question, vous pourriez en profiter pour feuilleter les dossiers que j'ai devant moi.
- Très bien.

Elle empoigna la chaise qui était devant le bureau de

son supérieur puis s'allongea pour récupérer les dossiers étalés. Son supérieur la regarda et lui demanda :

- Que faites-vous, agente Tamaras ?
- Je fais ce que vous m'avez demandé, patron.
- Je vous ai dit de prendre les anciens dossiers, mais pas de les consulter ici. Vous pouvez très bien faire cela à votre bureau.
- Ah bon ! Désolée, j'ai cru...
- Je sais, mais j'ai besoin de réfléchir encore et croyez-moi, si vous êtes devant moi, ça ne m'aidera pas à me concentrer.
- Oui, je comprends.

Elle se releva de sa chaise, prit les dossiers et sortit du bureau en fermant la porte derrière elle. Jarvis la regarda sortir et repensait à leur discussion. De retour à son bureau, elle constata que son co-équipier était au téléphone avec le couple qui avait trouvé le colis devant chez eux.

- J'espère que votre femme s'est remise de ce terrible événement ?
- *Oui, merci agent Bartley. Dites-moi, est-ce que je pourrais parler à l'agente Tamaras, s'il vous plaît ?*
- Bien sûr, elle vient justement d'arriver de sa réunion.

En se retournant, il la vit avec une pile de dossiers et comprit que le moment était peut-être mal choisi.

Tamaras déposa ses documents et fit signe à son collègue de lui passer la ligne, celui-ci s'exécuta.

- Oui, bonjour monsieur Fletcher. Comment allez-vous ?
- *Très bien. Je vous remercie de vous soucier de nous.*
- Que pouvons-nous faire pour vous ?
- *J'ai un de mes voisins qui dit avoir vu quelque chose.*
- Excellent, alors pouvez-vous me donner son adresse ?
- *Oui, c'est le 498 Broadway avenue et il s'appelle J.C. Greenstone. C'est lui qui m'a appelé et il avait laissé un message sur ma boîte vocale.*
- Très bien, nous partons à l'instant. Merci encore.
- *Ça m'a fait plaisir et j'espère que vous allez attraper et mettre sous verrou ce malade mental.*
- Ne vous inquiétez pas, nous y veillerons.

Dès qu'elle raccrocha, Tamaras et Bartley partirent sur-le-champ. Peut-être auraient-ils la tête de cet assassin ? Depuis le début de l'enquête, rien n'avançait, mais ce témoignage pourrait peut-être les mener sur une piste...

La journée passa en coup de vent. L'heure du rendez-vous avec son client arrivait à grands pas. Joana n'avait enfilé qu'un jeans noir et une blouse d'un bleu poudre. Étant donné qu'elle n'apportait pas de sac à main, elle mit son poivre de Cayenne dans un sac à dos qui contenait du linge de rechange au cas où la nuit serait chaude et intense en émotions ! Elle sortit de sa suite de luxe pour se rendre au lieu de rencontre situé à côté d'un Second Cup. Tout près de ce café, il y avait justement le motel « Folles nuits » où elle devait rencontrer son client. Elle se dirigea vers ce motel et entra. L'homme au comptoir la déshabilla du regard, ce qui n'intimida aucunement Joana, car elle était habituée à ce genre de regard quoique la dernière fois, elle avait fait un doigt d'honneur à un inconnu qui était en fait le client qu'elle devait rencontrer ce soir, ce qu'elle ignorait évidemment. Arrivée devant le réceptionniste du motel, elle demanda :

- Bonsoir, j'ai un rendez-vous avec un certain « Jack ».
- Bonsoir ma belle, lui répondit-il d'une façon trop familière pour un pur étranger. En effet, votre chevalier vous attend en haut, à la chambre 269A.
- On m'avait dit qu'il m'attendrait en bas.
- Non ma jolie, à moi il m'a dit de te faire monter, sûrement pour que tu lui fasses connaître ce qu'est le septième ciel, n'est-ce pas ? lui dit-il grossièrement.
- Très bien, dans ce cas je vais monter, dit-elle sans porter attention à ce commentaire déplacé.
- C'est ça, ma poulette, fais-le monter par la même occasion. Ha, ha, ha ha ! répondit-il en riant à gorge déployée.

Elle monta l'escalier jusqu'au deuxième étage, cherchant la chambre 269A. Ce motel n'avait rien à envier, bien au contraire. Cet endroit ne s'apparentait même pas à un motel deux étoiles tellement les lieux semblaient négligés et miteux. Joana pensa que son client avait peut-être payé à l'avance et donné un bon pourboire, cependant, elle aurait préféré qu'il mette un peu plus d'emphase sur l'endroit que sur le pourboire. Finalement, elle aperçut du coin de l'œil le numéro de la chambre de son futur client. Pour une raison qu'elle ignorait, elle se sentit soudainement envahie par la peur. Pourtant, Joana fréquentait plusieurs endroits qui semblaient moins rassurants que ce motel et une petite voix dans sa tête l'invita à la vigilance. Par réflexe, elle fouilla dans son sac à dos et mit son poivre de Cayenne dans la poche arrière de son jeans.

Arrivée devant la chambre, elle frappa à la porte et la voix grave d'un homme l'invita à entrer, ce qu'elle fit. Aussitôt, elle s'aperçut que son client avait tamisé l'éclairage. *Probablement, était-ce pour mettre un peu de romantisme et de mystère ?* pensa-t-elle. À ce même instant, elle repensa au cauchemar qu'elle avait fait dans le train. Puis, la peur s'empara d'elle, convaincue que son cauchemar deviendrait réalité. Lorsqu'elle vit le visage de son client, les yeux de celui-ci dans la pénombre lui donnèrent un frisson dans le dos ! Certes, ses yeux n'étaient pas rouges comme dans son cauchemar, mais cela lui donnait une impression de « *déjà vu* » et une peur bleue l'envahit et elle figea sur place ! Plus son client s'approchait d'elle, plus Joana recula.

- Est-ce que tu as peur de moi ? lui demanda-t-il.
- Heuu... non, non, c'est seulement que j'ai été surprise, répondit-elle avec un effroi dans la voix qui était évident.
- Voyons, je ne vais pas te manger comme le méchant loup tout de même, dit-il en tentant de la rassurer.
- Je... je sais, dit-elle avec un tremblement dans la voix.
- Regarde, je nous ai préparé un bon repas. Tu as sûrement faim ?
- Non pas vraiment.
- Allons, fais un petit effort, dit-il de sa voix grave.

Avec la pénombre qui régnait dans la pièce et son capuchon qui ombrageait davantage son visage, Joana n'avait pas de moyen de distinguer ses traits. Toutefois, elle pouvait voir les yeux de l'individu qui semblaient briller dans la noirceur. C'est en réalité ce qui l'effrayait.

- Si vous n'acceptez pas mon invitation à manger, je vais devoir recontacter votre agence, ma chère, et je suis persuadé que votre patronne ne sera pas contente d'apprendre que vous m'avez refusé quelque chose d'aussi banal, lança-t-il de façon narquoise et menaçante.
- Non, ça va. Je ferai tout ce que vous me

demanderez. S'il vous plaît, ne la contactez pas.

- Très bien, alors prenez place et mangeons ce succulent repas qui risquerait de refroidir.

À cet instant même, l'individu comprit qu'il avait un contrôle total sur elle.

- Oui, vous avez raison.

Il passa derrière elle pour pousser sa chaise afin qu'elle soit assise confortablement. Joana eut un geste de recul, mais décida de jouer le jeu pour ne pas déplaire à son client. Évidemment, malgré ce geste de galanterie, cela ne semblait pas mettre cette « *femme de joie* » à l'aise et elle se doutait que derrière ces gestes, il y avait toujours une arrière-pensée. Ce qu'elle ne savait pas encore, c'est qu'effectivement tous les gestes de cet individu étaient calculés pour rassurer sa prochaine victime...

À moins d'une heure de la ville de Springfield, Kelly-Ann était loin de se douter qu'un événement se préparait et que sa vie tout comme celle de Joana étaient sur le point de changer à tout jamais...

L'individu s'assit devant Joana. Elle ne pouvait toujours pas voir avec clarté les traits de son visage, mais malgré tout, elle avait décidé de lui faire plaisir et de manger avec lui. Sur la table, au centre, il y avait deux chandelles rouges allumées. À la gauche, un seau contenant de la glace rafraichissait une bouteille de vin qui devait provenir d'un dépanneur. À droite sur un plateau, baignait dans une sauce orangée un poulet entier farci aux trois fromages et, juste à côté, un plat couvert qui semblait contenir de la macédoine fraîchement cuite au micro-ondes. Le vin avait déjà été versé avant son arrivée et les coupes placées devant chacune des assiettes. Joana n'y avait pas porté attention puisque ses yeux étaient rivés sur son mystérieux client au capuchon. Ils mangèrent sans dire un seul mot, mais rapidement, Joana se sentit bizarre. Tout ce qui se trouvait autour d'elle tournait de plus en plus vite jusqu'à ce qu'elle perde conscience. Tout devint noir...

Probablement que quelques minutes s'étaient écoulées avant qu'elle ne revienne à elle. Elle vit que l'homme l'avait mise sur ses épaules pour descendre les escaliers qui se trouvaient derrière le motel. Lorsqu'il arriva en bas, il la déposa par terre et elle entendit l'ouverture de portières et se sentit tirée. Brusquement, l'individu la souleva pour la faire entrer derrière sa fourgonnette. Encore sous l'effet de la drogue que l'individu avait probablement versée dans son verre de vin, elle n'eut pas la force de se débattre. Jack regarda sa prochaine victime, pensant aux étapes suivantes en lui attachant les pieds et les mains derrière le dos pour finalement lui mettre un ruban adhésif sur la bouche. Il alluma l'éclairage à l'intérieure de sa fourgonnette et abaissa son capuchon face au miroir accroché devant lui. C'est à cet instant que Joana le vit. Elle fut stupéfaite ! Elle se souvint alors que tout juste avant de monter dans le train, elle avait fait un doigt d'honneur à cet individu. Lorsque Jack se tourna et vit que sa victime était éveillée, il se précipita vers elle, mais Joana fut plus rapide que lui et leva ses deux jambes pour le projeter contre sa fourgonnette et un établi qui comportait toutes sortes d'objets de torture. Le temps que son agresseur reprenne ses sens, elle eut le réflexe de faire passer ses bras sous ses pieds afin de les libérer. Étourdi, mais frustré, le tueur en série prit un long couteau et fit une entaille sur le bras droit de sa victime qui lança un cri de douleur. Au moment où Jack s'élançait pour la poignarder de nouveau, Joana sortit son poivre de Cayenne et lui aspergea généreusement les yeux. Celui-ci hurla de douleur et elle en profita pour se libérer des liens qui retenaient ses mains et ses pieds et sortit en coup de vent derrière la fourgonnette en courant à en perdre haleine. Aveuglé par le poivre et la douleur dans ses yeux, Jack ne put rien faire pour tenter d'empêcher sa victime de fuir...

Sous l'effet de l'adrénaline, Joana ne s'était pas aperçue que son agresseur lui avait entaillé profondément le bras droit et que le sang coulait abondamment laissant des traces sur son passage. Au même moment, une petite voiture fonça dans sa direction. Kelly-Ann quitta des yeux la route, trop occupée à changer de chaîne radio. À la dernière seconde, Joana apparut dans son champ de vision. Pour l'éviter, Kelly-Ann donna un coup de volant et alla percuter de plein fouet un lampadaire. Sous l'impact, le pare-brise éclata en mille morceaux et les éclats de verre perforèrent les deux yeux de Kelly-Ann qui perdit tout contact avec la réalité. Puis, ce fut le trou noir.

Chapitre 7

Sauvé des flammes de la mort

Lorsque Joana vit le véhicule percuter le lampadaire de plein fouet, elle se précipita vers la voiture qui commençait à brûler. Bien qu'elle fût blessée et que l'habitacle risquait d'exploser à tout instant, elle se précipita vers l'accidentée pour tenter de la sortir de cet enfer le plus rapidement possible. Les gens des alentours contactèrent les services d'urgences et accoururent vers les deux victimes. Pendant ce temps-là, Joana réussit à extirper Kelly-Ann inconsciente et gravement blessée. Au moment même, une impressionnante explosion les projeta à quelques mètres du lieu.

À peine cinq minutes venaient de s'écouler entre cette explosion et l'appel des secours, lorsque ces derniers arrivèrent sur les lieux. Joana et Kelly-Ann étaient étendues, inconscientes. Les gens entouraient les blessées et les policiers se frayaient un chemin parmi eux pour permettre aux ambulanciers d'atteindre les victimes. Parmi les curieux, il y avait celui recherché par les policiers et les autorités. Jack regardait la scène en furie. Évidemment, il ne pouvait traîner trop longtemps dans le coin. Donc, il jeta un dernier coup d'œil vers Joana tandis que les ambulanciers lui prodiguaient les premiers soins puis quitta. La carrière du tueur en série arrivait à sa fin et il le savait. Jack avait commis une très grave erreur en sous-estimant sa victime...

Maintenant, les deux seules options qui s'offraient à lui étaient de trouver une autre façon de tuer sa victime avant qu'elle ne révèle tout ou bien de disparaitre très loin d'ici. Cependant, il y avait une chose qu'il ignorait, l'homme du motel en entendant les cris derrière l'édifice avait appelé les autorités et lorsqu'il viendrait récupérer sa fourgonnette rouge, il aurait un accueil qu'il ne serait pas près d'oublier ! Effectivement, lorsqu'il arriva sur les lieux, pas moins d'une dizaine de policiers l'attendaient sur place. Entretemps, Joana s'était réveillée et racontait aux policiers tout ce qui s'était passé. Jack, voyant qu'il était coincé comme un rat, s'agenouilla sans résister. Les policiers l'embarquèrent dans la voiture de police et il fut placé en cellule en attendant le témoignage du réceptionniste du motel ainsi que de celui de Joana. Cela prit deux semaines avant qu'elle puisse se remettre de sa profonde blessure.

À la suite de ce terrible accident, Kelly-Ann demeura inconsciente ce qui était en fait mieux d'une certaine façon puisque depuis sa plus jeune enfance, elle souffrait de nyctophobie. L'hôpital contacta ses parents qui arrivèrent en catastrophe à l'hôpital de Springfield, à peine deux heures après l'admission de leur fille au centre hospitalier.

- Où est notre fille ? demanda Falon qui ne tenait plus en place contrairement à son mari qui semblait avoir un contrôle parfait de son stress.
- Madame, madame ! Calmez-vous, s'il vous plaît ! C'est un centre hospitalier ici madame, je vous prie de vous calmer ! lança l'infirmière en chef.
- Je veux savoir comment va ma fille ? dit-elle en tentant de se contrôler. Son mari lui mit la main sur l'épaule pour la rassurer.
- Quel est son nom ?
- Kelly-Ann Guess.
- Laissez-moi regarder sur ma liste.
- Oui, très bien.
- Oui, elle est dans la chambre 415 qui est située dans la section nord de l'hôpital, au quatrième étage qui est réservé aux patients qui souffrent d'un traumatisme oculaire.
- QUOI ? Vous avez bien dit « *traumatisme oculaire* » ? redemanda-t-elle pour être certaine d'avoir bien compris.
- En effet.
- Si je comprends bien, cela voudrait dire que notre

fille est aveugle ? demanda Fergus.

- Je ne peux me prononcer pour le moment, mais ce que je peux vous dire en revanche, c'est que son état est stable et elle est hors de danger. Sachez que ce n'est pas à moi de vous faire un diagnostic donc je ne peux me prononcer sur l'état de ses yeux. Le docteur McKerson sera en mesure de vous renseigner davantage. Je vais lui demander de vous rejoindre et de vous expliquer ce qu'il en est.
- Merci, répondit le père de Kelly-Ann.

Falon et Fergus prirent le couloir qui menait à la section nord du centre hospitalier et empruntèrent l'ascenseur pour se diriger vers la chambre où leur fille était encore inconsciente. Lorsque Falon la vit allongée, inerte sur son lit et les yeux recouverts de pansements, elle éclata en sanglots.

- Chérie, il faut être fort pour elle.
- Je... c'est... c'est ma faute ce qui est arrivé.
- Voyons ma chérie ! Ce n'est la faute de personne ! C'est un accident. Je crois que c'est arrivé sans que quiconque soit en cause.
- Mais, alors tu sais ce qui s'est passé toi ? lui dit-elle sur un ton frustré d'être dans l'ignorance.

Lorsqu'ils avaient reçu l'appel de l'hôpital, on ne leur avait seulement dit qu'elle avait été victime d'un accident sans leur donner davantage de détails.

- Écoute, lorsque le médecin arrivera, je suis persuadé qu'il pourra nous donner des explications, mais en attendant, je t'en prie, calme-toi ! la supplia-t-il.

- C'est ça ! De toute façon, tu n'as jamais vraiment été là pour elle ! Si tu avais été là, elle ne souffrirait pas aujourd'hui ! lui lança-t-elle en pleine figure sans penser que les paroles qu'elle venait de prononcer le feraient profondément souffrir.

Le visage de Fergus s'attrista et pour une des rares fois depuis qu'ils étaient en couple, ses yeux se remplirent de larmes sans que celles-ci ne se déversent sur ses joues. Fergus était très orgueilleux, cela lui venait de son éducation. En effet, il avait élevé « à la dure ». Son père ne permettait pas de le voir pleurer selon lui, cela était un signe de faiblesse pour un homme. Falon le regarda étonnée, réalisant que ses paroles avaient dépassé ses pensées. Elle s'avança vers lui et le prit dans ses bras.

- Je te demande pardon chéri ! Mes paroles sont sorties toutes seules, mais je ne les pensais pas du tout.
- Je sais. Mais je dois te donner raison sur une chose.
- Laquelle ?
- Il est vrai que j'ai fait passer ma carrière avant vous et je vous dois à vous deux des excuses et plus particulièrement à notre fille.
- Ne dis pas ça.

Au même moment, le médecin apparut à la porte de la

chambre. Les parents de Kelly-Ann se tournèrent d'un seul mouvement en entendant l'ouverture de la porte.

- Bonsoir. Vous êtes les parents de Kelly-Ann ?
- En effet, répondit Falon.
- Je suis le docteur McKerson. Nous allons laisser votre fille se reposer. Suivez-moi, nous serons plus à l'aise pour parler dans mon bureau.
- Très bien, merci, dit Fergus.

Ils longèrent le couloir et tournèrent dans l'aile nord-est, le médecin ouvrit la porte de son bureau et les invita à s'asseoir.

- Merci, docteur, dit Falon enfin soulagée de savoir que maintenant elle pourrait en savoir davantage sur l'état de sa fille.
- Je vous en prie. Je ne fais que mon travail. C'est le temps de parler de votre fille.
- Nous sommes impatients de vous écouter, dit Fergus.
- Tout d'abord, je dois vous dire que votre fille a été très chanceuse, car si cela n'avait pas été de Joana Perks, elle serait probablement morte. Désolé pour mon manque de tact, dit-il en voyant le visage déconfit de ses parents.
- Qui est cette femme, docteur ?
- Je ne peux pas entrer dans les détails, car il y a une enquête présentement en cours et j'ai l'obligation en tant que professionnel de la santé de ne pas divulguer trop de détails.

- Nous comprenons, docteur.
- Le seul détail que je peux vous dire concernant cet accident, c'est que cette femme était sur les lieux lorsque votre fille a percuté un lampadaire.
- Était-elle en état d'ivresse ? demanda Falon, offensée à l'idée que sa fille serait irresponsable.
- Selon nos analyses, je vous rassure que non. Aucune drogue ni alcool n'ont été détectés dans son sang.
- Ouff ! Tant mieux ! dit-elle soulagée.
- Il est évident que lorsqu'elle sera à nouveau consciente, les autorités vont sûrement l'interroger comme ils l'ont fait avec madame Perks.
- Pourquoi est-elle dans la section des patients souffrant de traumatismes oculaires ?
- Je dois vous dire que malheureusement, lors de l'impact, votre fille a reçu des éclats de verre dans les yeux et elle a perdu la vue.
- Nonnnnnnnnnn ! hurla Falon fondant en larmes.

Son mari déposa une main sur son épaule pour tenter de la calmer.

- Je vous en prie, calmez-vous ! Je n'ai pas terminé, ajouta le docteur.
- Que voulez-vous dire, docteur ? lança le mari de Falon.
- Il y a peut-être une alternative.
- Vraiment ? fut-elle surprise d'entendre en séchant ses larmes.

- Mais, je ne peux pas vous assurer que cela va fonctionner à cent pour cent, car c'est une nouvelle technique chirurgicale à l'essai. Nous ignorons aussi quelles seront les répercussions physiques et psychologiques que le patient pourrait avoir à la suite de cette intervention.
- Si nous comprenons bien, vous ne pouvez nous assurer à l'avance quel comportement elle aura ou bien ce que seront les effets après cette intervention expérimentale ? demanda Fergus, un peu inquiet.
- Effectivement.
- Dites-nous, docteur, quel est le pourcentage de réussite pour notre fille ? demanda-t-elle en espérant une réponse miracle.
- Je ne vais pas vous faire de fausse promesse, les chances sont de cinquante pour cent selon nos estimations.
- Mais cela pourrait lui rendre à nouveau la vue, n'est-ce pas ?
- Madame Guess, je ne pourrai vous répondre qu'une chose, ça sera à vous d'en parler avec votre fille pour savoir si elle acceptera.
- Nous lui en parlerons dès que le bon moment se fera sentir.
- Ah oui, avant que j'oublie. Elle devra signer un papier de décharge qui est en fait un accord entre l'hôpital et le patient qui implique qu'advenant que l'opération ne puisse pas s'avérer un succès, elle

ne pourra en aucun cas revenir contre le centre hospitalier de Springfield.

- Très bien. Je lui en ferai part, docteur.
- Un tout dernier détail et après j'attendrai la réponse de votre fille avant d'entamer le processus de recherche.
- On vous écoute.
- Il arrive que parfois, la patiente doive attendre des mois avant que nous trouvions un donneur potentiel. De plus, les donneurs d'organes doivent rester dans l'anonymat.
- Oui, nous comprenons.
- Très bien. Alors, j'attendrai la réponse. Je vous souhaite une bonne nuit et on se reparle bientôt.
- Merci docteur, vous aussi !
- Ne me remerciez pas trop vite. Attendez de voir ce qu'il en résultera avant tout.
- Très bien, dit la mère de Kelly-Ann.

Le couple quitta le bureau du docteur. Avant de retourner dans la chambre de leur fille, ils décidèrent de descendre à la cafétéria pour discuter de quelle façon ils s'y prendraient pour lui expliquer la situation sans la faire paniquer, car ils savaient que leur fille souffrait de nyctophobie. De plus, ils devaient s'informer si Joana Perks était sortie de l'hôpital, car ils voulaient la remercier pour son acte de bravoure et peut-être tenter d'en apprendre plus sur ce qui s'était passé. Ils entrèrent dans la cafétéria et prirent chacun un café puis s'installèrent dans un coin pour avoir un peu de tranquillité et d'intimité, car même à cette heure tardive, la cafétéria grouillait de monde. Lorsqu'ils se furent bien installés, Fergus et Falon discutèrent de leur fille.

- Chéri, je tenais encore à te faire mes excuses pour ce que je t'ai dit tantôt. Je n'aurais pas dû me laisser emporter par mes émotions.
- Je le sais chérie, je ne t'en veux pas du tout. Sache que je comprends.
- Que penses-tu de ce que le docteur a dit pour l'opération ? demanda Falon pour changer de sujet.
- Tu veux vraiment que je te dise ce que j'en pense ?
- Oui, bien sûr ! Pour moi, c'est important.
- Très bien. Je crois que la décision ne nous revient pas. Je suis persuadé que Kelly-Ann va prendre la bonne. Je l'appuierai quoiqu'elle décide de faire, car j'ai une grande confiance en elle.
- Tu as raison. Moi aussi j'ai confiance en son jugement, avoua-t-elle.
- Tu m'as demandé ce que j'en pensais, mais tu ne m'as pas dit ce que toi tu en pensais.
- Je suis tout à fait d'accord avec toi. Comme je viens tout juste de te le dire, j'ai confiance en son jugement.
- Excellent !
- Après avoir terminé notre café, j'aimerais m'informer pour savoir si la femme qui a sauvé notre fille est encore ici.
- Oui, c'est une bonne idée.

Dès qu'ils eurent terminé, Fergus et Falon se rendirent à l'accueil de l'hôpital.

- Bonsoir, comment puis-je vous aider ? demanda une infirmière chargée de l'accueil des nouveaux patients.
- Désolé de vous déranger, infirmière, ce serait pour un renseignement.
- Oui, en quoi puis-je vous être utile ?
- Savez-vous si la patiente Joana Perks est encore à l'hôpital ?
- Savez-vous vers quelle heure elle a été admise ?
- Pour vous dire franchement non, mais ce que nous savons, c'est qu'elle a sauvé notre fille.
- Ah oui ! Je me souviens maintenant ! Quel terrible accident ! Laissez-moi jeter un coup d'œil au registre.
- Très bien.
- Je vois qu'elle a été admise, mais il semble que son médecin lui aurait donné son congé une heure après son arrivée.
- Ah bon, c'est dommage !
- Désolée !
- Pensez-vous qu'il serait possible d'obtenir son adresse ?
- Si vous n'êtes pas de sa famille, je dois malheureusement vous dire non. Je suis vraiment désolée, mais cela fait partie de notre protocole.
- Oui, nous comprenons. Merci tout de même et bonne fin de soirée !

- À vous aussi.

Pour l'instant, il semblait n'y avoir aucune façon de pouvoir remercier celle qui avait sauvé leur fille d'une mort certaine, mais Falon se promit que quoi qu'il lui en couterait, elle la retrouverait. Cependant, elle n'en parla pas à son mari.

Chapitre 8

Une lueur dans la noirceur

Le centre hospitalier de Springfield offrit la chance aux parents de Kelly-Ann de demeurer auprès d'elle jusqu'à son réveil. La direction mit à leur disposition deux lits gonflables, des draps, des couvertures ainsi que des oreillers afin qu'ils puissent se reposer. Falon eut de la difficulté à dormir, mais pas son mari qui s'était endormi en posant la tête sur l'oreiller. Avec tout ce qui s'était passé, la mère de Kelly-Ann prit plusieurs heures avant de fermer les yeux. Des cris de panique les réveillèrent abruptement.

- AAAAAAAAAAAAAAAAAAAAAAAAAH ! QUE M'ARRIVE-T-IL ? JE NE VOIS PLUS RIEN ! J'AI PEUR, AIDEZ-MOI ! AIDEZ-MOI QUELQU'UN, JE VOUS EN PRIE ! hurla-t-elle.

Falon et Fergus se levèrent d'un bond et s'approchèrent de leur fille afin de tenter de la rassurer. Mais Kelly-Ann, souffrant de la phobie du noir, continuait tout de même à hurler comme si elle était persuadée que la mort venait la prendre. Les infirmiers arrivèrent en trombe dans la chambre et demandèrent aux parents de leur laisser la place. Kelly-Ann continuait toujours de crier sans arrêt et tenta d'enlever son bandage aux yeux ainsi que l'aiguille dans son bras. Évidemment, ils comprirent que la phobie la faisait probablement fabuler. Les infirmiers durent utiliser la force pour l'immobiliser afin que l'infirmière puisse lui injecter un calmant. Finalement, après quelques secondes, le calmant fit son effet et les infirmiers la relâchèrent, elle était devenue calme à présent. Les parents ayant l'autorisation des infirmiers, ils s'approchèrent de leur fille pour lui parler.

- Ma fille adorée, ça va aller mieux maintenant, nous sommes là tout près de toi.
- Maman ? Papa ? dit-elle, en réalisant que ses parents étaient près d'elle, car dans sa panique, elle s'était déconnectée de la réalité. Probablement que, sans le calmant, elle serait encore sous l'emprise de la panique.
- Oui, nous sommes là, c'est papa qui te parle.
- J'ai... j'ai peur.
- Oui, nous le savons, mais tu n'as plus à avoir peur, nous sommes là pour toi.
- Je ne me souviens plus de rien.
- Ce n'est pas grave ma chérie, répondit sa mère.
- Que s'est-il passé ? lui demanda sa fille.

Les deux parents se regardèrent, ne sachant pas vraiment quoi lui répondre. Évidemment, la situation était très délicate et ils ne voulaient pas l'affoler. Fergus lui fit un signe pour lui dire de lui faire confiance.

- Ma chérie, c'est papa.
- Papa, j'ai terriblement peur.
- Oui, je te comprends. Je vais te dire un secret.
- Oui, lequel ?
- Tu sais, lorsque je vole dans le ciel, j'ai peur moi aussi.
- Vraiment ?
- Oui, sache que ce n'est pas parce qu'on est un copilote que la peur n'existe pas. Je vais te poser une question.
- Je t'écoute papa.
- Tu te souviens la première fois où tu es montée à vélo ?
- Oui, je me souviens.
- Tu avais peur, n'est-ce pas ?
- Oui.
- Pourtant cela ne t'a pas empêchée de continuer à vouloir apprendre comment faire du vélo.
- Effectivement.
- La peur peut-être une bonne chose si on sait la maîtriser et une mauvaise si on la laisse nous envahir, tu comprends où je veux en venir ?
- Je crois que oui.
- Moi, si je laissais la peur prendre le contrôle lorsque je suis en avion, je ne pourrais pas

effectuer mon travail. La peur est le sentiment que nous avons lorsque nous n'arrivons pas à avoir le contrôle sur quelque chose ou bien sur nos émotions. Elle peut même t'empêcher d'apprendre ou de comprendre des choses si tu la laisses gagner sur toi, c'est ce qui va arriver.

- Je vois, dit-elle, son visage semblait réfléchir.
- Je suis conscient que je n'ai pas été le père le plus présent et j'en suis vraiment désolé.
- Je ne t'en veux pas papa.
- Merci ma chérie.
- Que va-t-il se passer ?
- Pour l'instant, ta mère et moi allons rester avec toi aussi longtemps que possible. Nous verrons ce qui va se passer. Ce qui est le plus important, c'est que tu te reposes. Je voudrais que tu nous fasses une promesse.
- Laquelle ?
- De faire tout en ton possible pour contrôler ta peur et je sais que tu en es capable. J'ai confiance en toi ma chérie.
- Je ferai mon possible, papa.
- Tu sais que nous t'aimons.
- Moi aussi, je vous aime.
- Très bien ma chérie, alors repose-toi et à ton réveil, nous pourrons te dire ce qui s'en vient. Tu nous fais confiance ?
- Évidemment !
- Excellent ! Alors, dors bien.

- Fais de beaux rêves ma chérie, ajouta sa mère.
- Pendant que notre fille dort, je vais aller à la cafétéria pour nous prendre du café. Veux-tu autre chose, ma chérie ?
- Peut-être un muffin au son et raisin, je n'ai pas faim pour manger un gros déjeuner.
- Il n'y a pas de souci, je t'apporte ça.
- Merci mon chéri.
- Ça me fait plaisir.

Falon regarda son mari partir avec admiration, car il n'aurait jamais dit cela auparavant à sa fille puisque pour lui, le travail semblait prendre plus d'importance et de place que sa famille. Il faut croire que les paroles que lui avait dites sa femme plus tôt, même si elles furent offensantes à son égard, semblaient avoir eu un impact positif. *Enfin ! Il a fini par comprendre que son travail ne doit plus jamais passer avant notre fille,* pensa-t-elle. De plus, elle ne le savait pas aussi convaincant, car il avait réussi à calmer Kelly-Ann et à lui faire prendre conscience des méfaits de la peur sur l'être humain.

Pendant ce temps, au poste de police, les agents Tamaras et Bartley arrivèrent accompagnés du meurtrier et entrèrent dans la salle d'interrogation. De l'autre côté du mur, le chef Doug Jarvis, accompagné de deux autres agents écoutèrent l'interrogatoire en cours derrière la vitrine teintée. Mais lorsque Doug vit le visage de Jack, son cœur battit tellement fort qu'il fut pris d'un léger malaise qu'il tenta de cacher devant les deux agents qui étaient dans la salle avec lui. La conversation avec Jack débuta.

- Votre nom ? demanda l'agente Tamaras.
- Je ne suis pas obligé de répondre à vos questions et ça, vous le savez déjà.
- En effet ! Mais si j'étais à votre place, je tenterais de faire moins le malin et de coopérer pour ne pas aggraver votre situation, suggéra-t-elle.
- Je n'ai rien à dire, conclut-il.
- Vous en êtes sûr ? demanda Bartley.
- Vous n'avez aucune preuve contre moi.
- C'est là que vous vous plantez, mon cher ! répliqua l'agent pour le déstabiliser.
- Vous me dites ça pour me faire parler, car vous bluffez, dit Jack, convaincu du non fondé de leurs dires.
- Pas du tout, vous semblez oublier que nous détenons votre fourgonnette qui est présentement dans les mains de nos spécialistes, mais ce n'est pas tout.

L'accusé savait que c'était perdu d'avance pour lui, mais il tentait tout de même de leur faire croire à son innocence jusqu'à preuve du contraire, quoiqu'à cet instant même, il repensait à ce qui s'était passé et que cette « *putain de luxe* », lui avait fait commettre trop d'erreurs pour qu'il puisse penser à trouver une porte de sortie. Évidemment, il ne devait en aucun cas leur démontrer qu'il était « condamné à mourir ». Il avait étudié assez longtemps pour connaître les ficelles du métier, mais peut-être pas assez pour s'en sortir indemne et lavé de tout soupçon. De plus, le fait qu'ils détenaient sa fourgonnette compliquait les choses !

- Vous savez que vous deviez avoir un mandat de perquisition pour prendre possession de ma fourgonnette, tenta-t-il.
- Nous l'avons eu sans problème, lança l'agente Tamaras pour le narguer.
- Je serais curieux de savoir sur quel prétexte vous l'avez obtenu. C'est vrai qu'avec un « *beau cul* » comme le vôtre, vous avez un atout de plus pour convaincre un juge, dit-il sur un ton arrogant et narquois pour tenter de la provoquer.

Tamaras comprit ce que Jack tentait de faire, mais ne mordit pas à l'appât. Elle lui fit un sourire en coin et continua la conversation comme si elle n'avait rien entendu.

- Pour continuer, je vous informe que nous avons par écrit les témoignages de deux témoins, le premier est celui du réceptionniste du motel et l'autre, celui de votre victime elle-même comme vous pouviez vous en douter.

Jack s'en doutait, il était loin d'être idiot malgré les erreurs de parcours qu'il avait commises avec sa dernière victime. Cependant même s'il le savait, il voulait l'entendre dire de la bouche de l'agente Tamaras. Cela ne lui rapportait rien de plus, bien sûr. Néanmoins, il appréhendait à l'avance le sort que « *l'État* » lui réservait à cause des nombreux crimes barbares et des tortures démentielles qu'il avait infligées à chacune de ses victimes. Bartley poursuivit l'interrogation en étalant devant le meurtrier, plusieurs photos afin de le faire réagir, mais Jack les regardait sans ressentir le moindre remords, comme si cet homme n'avait aucune conscience. Devant cette absence de réaction, les deux agents comprirent que l'individu qui se trouvait devant eux possédait l'âme d'un psychopathe.

De l'autre côté du mur, Doug Garvis constata que tous ces meurtres étaient peut-être sa faute et d'un mauvais jugement de sa part. Certes, il avait compromis la carrière de Jack pour sauver sa peau, toutefois, était-ce une raison suffisante pour massacrer toutes ces innocentes au détriment de la rage meurtrière qu'il ressentait envers le chef des autorités policières ?

Pendant que les deux agents interrogeaient le boucher de Springfield, plusieurs questions venaient envahir l'esprit de Doug. Quelles auraient été les circonstances si on avait permis à ce psychopathe de travailler dans le milieu des enquêtes policières ? se demandait-il. Dans sa tête, il voyait une multitude de scénarios insolites sortant tout droit des pires cauchemars que le monde réel puisse imaginer. Évidemment, un individu comme Jack, à l'intelligence supérieure à la moyenne, aurait pu profiter de cette position pour commettre les pires meurtres sans que personne puisse le soupçonner quoique déjà, les meilleurs enquêteurs et policiers n'avaient jamais réussi à lui mettre la main dessus à l'exception de sa dernière tentative. Alors, il n'osait pas imaginer ce que cela aurait pu être si ce meurtrier avait réussi à travailler pour les autorités.

Aujourd'hui était une journée très spéciale pour Doug, il ressentait en lui-même un sentiment d'allègement et de joie. Pourquoi me direz-vous ? Le fait que son ex-petite amie avait été assassinée et que Jack était sur le point d'être probablement condamné à mort pour ses horribles crimes, Doug n'aurait plus à craindre que l'un d'eux ne révèle son précieux secret.

Après quelques minutes d'interrogation, l'avocat de l'accusé entra dans la salle d'interrogation et suggéra à Jack de ne plus répondre à aucune question sans qu'il soit présent. Les agents Bradley et Tamaras les laissèrent seuls sans protester. L'avocat commença à discuter avec son futur client.

- Je vais tout d'abord me présenter. Je serai votre avocat et je m'appelle Maître Julius Allard. J'aurais besoin maintenant que vous répondiez à mes questions de façon franche, car sinon...

- Je sais, je connais la loi, l'interrompit Jack.
- Très bien. Dites-moi votre nom complet, s'il vous plaît.
- Jack « le boucher » Burnston.
- C'est sur votre acte de naissance ce prénom ? demanda l'avocat, surpris.
- Ce sont les gens avec qui je travaille qui m'ont donné ce surnom.
- Très bien, mais moi, je veux votre vrai nom.
- Jack Burnston.
- Votre adresse, je vous prie.
- Je n'en ai pas.
- Pardon ?
- Je viens de vous dire que je n'en ai pas.
- Mais alors qu'avez-vous donné comme adresse à votre employeur ?
- L'adresse d'une maison abandonnée où je vais récupérer mon courrier qui est le 606 Minota Street, Springfield, Missouri.
- Et votre métier ?
- Je travaille chez Butcher's House et je fais les coupes de viandes.
- Parfait.
- Avez-vous d'autres questions ?
- Oui.
- Lesquelles ?
- Êtes-vous celui qu'on surnomme le boucher de Springfield ?
- Et vous, qu'est-ce qu'en pensez-vous ?

- Je ne vous demande pas de me répondre par une question, je voudrais que vous répondiez à ma question.
- Vous voulez la vérité ?
- Évidemment !
- Ce que j'ai commis ne constitue pas des crimes.
- Ah non, et comment appelez-vous cela ?
- Une répulsion à l'égard des gens qui se sont moqués de moi.
- Vraiment ?
- Oui. C'est ma façon de voir ce que j'ai fait sous un autre angle, même si vous considérez cela comme un crime.
- Ne ressentez-vous pas de remords face à vos actes ?
- Aucunement.
- Vous me parlez sérieusement là ?
- Évidemment, que croyez-vous ?
- Je ne sais pas, c'est à vous de me le dire.
- Je n'ai rien de plus à ajouter.
- Dans ce cas, je dois vous prévenir que si le juge ne vous démontre aucune clémence, vous risquez la mort. Vous en êtes conscient, j'espère ?
- La mort n'est qu'une étape pour moi et non un état.
- Que voulez-vous insinuer ?
- Tout simplement que même la mort ne pourra m'empêcher de continuer ma mission.
- Et quelle est cette mission, si je puis me permettre

de vous poser cette question ?

- L'assouvissement de la rage meurtrière qui sévit en moi.

L'avocat le regarda d'un air ébahi. Il savait maintenant dans quoi il s'était embarqué. D'une part, cela allait peut-être relancer sa carrière qui depuis quelques années battait de l'aile. Et d'une autre part, le plongerait dans l'une des plus grosses histoires du crime. Ce qui l'amenait à penser que les jours à venir l'entraîneraient dans un tourbillon de paperasses juridiques...

Le lendemain matin, pendant que le procès débuta, au centre hospitalier de Springfield, Kelly-Ann se réveilla après avoir dormi presque dix-huit heures consécutives.

- Maman ? Papa ? Vous êtes là ?
- Oui, nous sommes là, répondit son père d'une voix calme.
- J'ai peur, j'ai si peur.
- Oui, nous comprenons et nous voulons justement te parler à ce sujet, lança Falon après avoir consulté des yeux son mari.
- Vraiment ?
- Ton médecin est venu nous voir pendant que tu dormais et nous as parlé d'un projet expérimental. Mais nous avons attendu de t'en parler avant de lui donner notre accord.
- Je comprends, mais si cela peut me permettre de

voir à nouveau, il est évident que j'accepterai. Sinon, comment vais-je pouvoir réaliser mes rêves autrement ?

- Tu sais, la vie ne s'arrête pas même si on perd quelque chose ma fille.
- Je sais bien maman, mais j'aurais préféré perdre un bras plutôt que de perdre la vue, tu sais à quel point j'ai une phobie de la noirceur ?
- Oui, je sais.
- Est-ce que le médecin t'a dit qu'il y avait des risques ?
- Évidemment, il y en a.
- Je suis prête à le faire, peu importe ce que cela impliquera.
- Tu en es certaine ? demanda son père.
- Totalement !
- Bon, si c'est ce que tu désires. Vos désirs sont des ordres, majesté ! tenta-t-il de dire pour la faire rire un peu et lui faire oublier cette phobie qui la rongeait de l'intérieur.
- Vous a-t-il dit quand cette opération sera possible ?
- Malheureusement non, mais il ne faut pas perdre espoir, ajouta sa mère.
- Est-ce que tu as eu le temps de contacter mes amies ?
- Oui et elles vont venir te voir, mais ne m'ont pas dit quand.
- Merci maman !
- De rien, ma fille adorée. Nous t'aimons tant.

- Moi aussi, je vous aime.

De retour en cour, le procès de Jack ne semblait pas vraiment tourner en sa faveur. En effet, dans la salle, on avait interrogé le réceptionniste du motel qui avait confirmé la présence de l'accusé. Par la suite, Joana Perks décrivit les circonstances qui l'avaient amenée à asperger l'accusé de poivre de Cayenne. À la suite de nouveaux éléments de preuves que les autorités venaient de trouver, l'avocat de la couronne demanda que l'on repousse de quelques jours le procès de l'accusé. Le juge accepta. En fouillant la fourgonnette rouge, ils avaient trouvé une carte topographique sur laquelle différentes lettres accompagnées de chiffres étaient inscrits. Les enquêteurs en déduisirent qu'il devait s'agir des endroits où le meurtrier enfouissait les restes de ses victimes sans pour autant en être assurés.

Les autorités engagèrent des ouvriers pour creuser aux endroits précis, indiqués sur la carte et, en creusant, ils découvrirent l'horreur ! Des bras, des jambes, des troncs furent découverts en état avancé de décomposition ! La scène qui s'affichait devant les ouvriers relevait d'une pure abomination !

Quelques jours passèrent avant que les fouilles et expertises furent terminées. Le procès reprit et la couronne présenta les photos qui constituèrent de nouvelles preuves devant la cour. Voyant les clichés d'horreur, les témoins condamnèrent sur-le-champ le meurtrier qui fut tenu coupable de plusieurs chefs d'accusation et par le fait même condamné à la peine de mort. Ainsi, le pire criminel de tous les temps serait exécuté, du moins, c'est ce qui semblait être le cas...

Chapitre 9

Un don sans nom

À peine quelques heures s'étaient écoulées après l'exécution de Jack, à l'hôpital où Kelly-Ann attendait impatiemment un don d'organe, ses parents furent convoqués par le conseil. Évidemment, les contacter ne fut pas un problème puisque depuis quelque temps, ils ne quittaient jamais leur fille que pour aller manger. Kelly-Ann faisait preuve d'un grand courage, car il n'était pas facile de combattre sa peur de la noirceur, mais elle semblait y parvenir malgré quelques rechutes. Ses parents avaient décidé de ne plus la laisser seule et lorsqu'ils allaient casser la croûte, ils s'assuraient qu'une infirmière soit présente en leur absence ce qui n'était pas toujours possible malheureusement. Avant de partir pour rencontrer le conseil, Falon et Fergus l'informèrent que le conseil les avait convoqués.

-   Nous devons te laisser ma belle, lui dit sa mère d'une voix calme et douce.
-   Vraiment ?

- Oui.
- Pourquoi le conseil vous demande-t-il ?
- Nous croyons que ça concerne ton opération, ajouta son père.
- Peut-être ont-ils trouvé un donneur compatible, lança Kelly-Ann avec un sourire aux lèvres.
- Nous l'espérons, mais nous ne voulons pas te donner de faux espoirs, nous verrons ce que le conseil nous dira.
- Oui, tu as raison papa.
- Écoute, ta mère et moi avons demandé qu'il y ait une infirmière près de toi, mais à notre grand regret cela ne sera pas possible, dit Fergus, le visage inquiet.
- Papa, je vous remercie pour tout ce que vous avez fait pour moi jusqu'à maintenant, mais si je dois rester aveugle pour le restant de ma vie, je devrais faire avec.
- Ne dis pas ça ! répliqua sa mère.
- Maman, je suis une adulte maintenant alors je dois apprendre à affronter mes peurs ainsi que les épreuves. Je sais que vous voulez bien faire. Cependant, il est temps que je prenne mes responsabilités et ma vie en main.
- Mais...
- Il n'y a pas de mais, je suis grande maintenant ! lança Kelly-Ann pour les rassurer et leur faire comprendre qu'elle accepterait ce qui allait se passer malgré la peur qui la hantait.

- Bon, très bien. Sache que si tu as besoin de quoi que ce soit, nous serons là pour toi, ajouta son père.
- Oui, je le sais et je vous en remercie. Je vous aime !
- Nous aussi.
- Allez ! Partez à votre réunion si vous ne voulez pas la manquer.
- D'accord, on te dit à tantôt. Et si...
- Je sais maman, je sais ! Je vais sonner pour qu'une infirmière vienne.

Fergus et Falon embrassèrent leur fille sur le front et partirent. Ils avaient été convoqués dans la grande salle de conférence qui se trouvait au douzième étage de l'édifice. En sortant de la chambre, ils longèrent le couloir pour emprunter l'ascenseur qui se trouvait au fond. Lorsqu'ils furent arrivés à l'étage où on les avait convoqués, ils reconnurent le médecin qui les attendait à la sortie de l'ascenseur et les invita à le suivre.

- Suivez-moi Madame et Monsieur Guess, c'est dans cette direction.
- Merci ! répondit Falon.
- Vous allez bien ? demanda le médecin.
- Oui, très bien. J'imagine que la convocation avec le conseil a un rapport avec l'opération de notre fille, dit-elle.
- En effet !
- Êtes-vous en mesure de nous en dire plus,

docteur ? tenta de demander Fergus.
- Soyez patients ! Vous serez en mesure de tout
  savoir d'ici peu.
- Désolé, je ne voulais pas vous bousculer avec ma
  question.
- Non, ça va. Je comprends votre impatience,
  répliqua le médecin.

Ils firent une dizaine de pas supplémentaires et
arrivèrent devant la porte de la salle de conférence. Le
médecin ouvrit et les parents de Kelly-Ann constatèrent
le luxe de cette pièce. Au centre, il y avait une table
ronde d'un bois qui ressemblait à du chêne, de nombreux
fauteuils de cuir étalés autour déterminant son périmètre.
Sur le mur de gauche, une bibliothèque remplie de livres
traitant de nombreux sujets médicaux. Sur celui de droite,
cinq cadres qui devaient représenter les anciens
dirigeants de ce centre hospitalier. Au fond, de cette
grande salle, deux fenêtres ouvertes faisaient entrer un air
frais et pur venu de l'extérieur. À l'autre bout, on pouvait
apercevoir une pièce qui leur donnait l'accessibilité
visuelle par l'intermédiaire d'une vitrine qui devait servir
aux professionnels ou bien à des traducteurs. Autour de
la table, cinq médecins étaient assis avec un air sérieux et
regardaient les parents de Kelly-Ann s'installer sur leurs
fauteuils de luxes. Falon et Fergus se sentirent mal à
l'aise par ces regards. Le plus âgé des médecins se leva et
commença à leur parler.

- Bonjour Madame et Monsieur Guess. Permettez-moi de me présenter, je suis le docteur Hans Astermann et je suis l'un des plus vieux médecins de cette institution ainsi que le dirigeant du conseil. Je suis assisté par le directeur de ce centre hospitalier, docteur Locklai Northside. Nous vous avons convoqués pour avoir votre accord concernant une nouvelle technique qui a été mise en œuvre par le docteur Sergei Trusofko.

Un des médecins se leva et fit un signe de salutation aux parents de Kelly-Ann. Cet homme avait un teint aussi blanc que la neige, ce qui faisait ressortir ses yeux d'un bleu-gris ainsi que ses cheveux d'un noir corbeau. Lorsqu'il se leva, Falon et Fergus remarquèrent qu'il ne devait pas être plus grand qu'un nain. Toutefois, il portait un sarrau blanc qui amplifiait son tour de taille. Celui-ci les regardait d'un visage sans sourire puis prit la parole.

- Nous et les membres sommes rassemblés ici afin de vous rencontrer et de vous expliquer en quoi consiste cette intervention majeure. Évidemment, nous voulons que vous sachiez qu'étant donné les risques qui s'y rattachent, nous devons vous faire signer des papiers nous déchargeant de toute responsabilité advenant le cas où l'opération s'avérait mal tourner. J'imagine que le docteur McKerson vous a expliqué brièvement les risques encourus à la suite de cette intervention chirurgicale, lança-t-il en regardant celui-ci d'un air soupçonneux.

- En effet docteur, répondit la mère de Kelly-Ann.
- Il vous a mis au courant que cette opération est expérimentale, n'est-ce pas, ajouta-t-il.
- Oui, nous le savons et nous sommes d'accord pour signer cette décharge de responsabilités, dit-elle.
- Très bien. Je cède la parole à mon collègue, le docteur Jeffrey Pattern qui est neurologue.

Le docteur Pattern était complètement l'opposé de celui-ci, car lorsqu'il se leva de son confortable fauteuil, Falon ne comprit pas pourquoi cet individu n'avait pas pensé faire une carrière dans le domaine du basketball. Effectivement, sa stature allongée aurait été parfaitement adéquate pour un joueur professionnel. Évidemment, le destin en avait décidé autrement ! Celui-ci se leva et commença à parler de façon théâtrale frôlant la vantardise.

- Merci mon cher collègue pour cette présentation. Effectivement, je suis un spécialiste en la matière. Bien sûr, en tant que génie, j'en connais énormément sur le système neurologique de l'être humain d'une complexité indéniable. Sans vouloir paraître prétentieux, je suis l'un des meilleurs spécialistes qui existent dans ce domaine et au monde. Bref, lorsque le docteur m'a parlé de son projet expérimental consistant à implanter des yeux d'un patient récemment décédé sur un autre patient, je dois avouer que je fus et je suis encore un peu sceptique sur les répercussions que cela pourrait avoir comme effet sur un patient. Tant au point de vue physique que psychologique, car nous ne connaissons pas les réactions du corps aux nouveaux organes implantés. Il m'apparaît évident selon l'expertise que j'ai effectuée lors des tout premiers tests qu'il y aura une réaction en chaîne du corps versus les nouveaux yeux du donneur. Malgré ma divergence et ma contestation face à ce projet expérimental, le conseil a tout de même décidé d'aller de l'avant, mais bon...

Le visage contrarié du docteur ne semblait affecter ni les membres du conseil ni les parents de Kelly-Ann qui étaient prêts à faire l'impossible pour leur fille. Pour donner suite aux propos du docteur Pattern, la psychologue prit la parole.

- Bonjour, je suis la psychologue, Lyn Peï Pong qui travaillera en collaboration avec le docteur Trusofko ainsi que son collègue malgré leurs opinions opposées sur ce sujet. Personnellement, je crois qu'étant donné l'état psychologique de notre patiente, Kelly-Ann, je me dois de préciser avec l'accord de mon collègue, le docteur Trusofko, que l'intervention aura un effet très bénéfique. Je m'explique, dit-elle voyant le regard réprobateur du docteur Pattern. J'ai pris le temps d'étudier le dossier de la patiente en profondeur et puisqu'elle souffre de frayeurs causées par sa phobie de la noirceur, il me paraît évident que l'opération ne peut s'avérer négative, bien au contraire ! Donc, j'encourage ses parents à procéder à cette intervention expérimentale, conclut-elle en reprenant place sur son fauteuil.

Le directeur du centre hospitalier de Springfield, le docteur Northside, n'avait pas encore prononcé un seul mot durant la conférence, ses yeux d'un gris perçant s'étaient promenés d'un individu à un autre. Cet homme au visage rondelet et à la barbe blanche interrompit son silence pour argumenter les opinions de ses membres.

-	Très chers collègues et parents de Kelly-Ann, il est de mon devoir de vous faire part de mes opinions face au sujet qui nous tient le plus à cœur et qui est, bien entendu, le bien-être de cette jeune demoiselle. C'est la raison principale de cette conférence. Il ne faut pas perdre de vue que l'objectif principal de cette institution médicale est avant tout de faire tout en notre possible pour que les patients retrouvent le chemin de la guérison. Néanmoins, il n'en demeure pas moins qu'au bout du compte, la décision finale n'appartient pas à l'hôpital, mais bien aux patients ou, dans le cas qui nous préoccupe présentement, des parents de notre patiente, Kelly-Ann. Nous sommes là afin de vous apporter le soutien dont vous aurez besoin ainsi afin d'accompagner le mieux votre fille vers le chemin de sa guérison. Évidemment, je ne peux pas passer sous silence qu'il y a des frais qui s'y rattachent, mais cela, vous le saviez probablement déjà. De plus, je dois vous mentionner que parmi les papiers, il y a une clause de non-divulgation du donneur, ce qui signifie qu'il n'y aurait pas de possibilité de retracer le donneur, vous en êtes conscients, n'est-ce pas ?

- Oui, nous en sommes conscients et accepterons sans équivoque ces frais pour le bien de notre fille, dit la mère de Kelly-Ann tout en espérant que cela débouchera sur une guérison sans préjudice.

- Très bien, cela étant dit, nous pouvons procéder aux signatures de papiers sans perdre de temps, ajouta le directeur.

- À quel moment pensez-vous procéder à l'opération ? demanda Fergus.

- Demain en avant-midi, car nous avons déjà un donneur compatible, répondit le docteur Trusofko sur un ton enjoué.

- Fantastique ! ajouta la mère de Kelly-Ann.

Évidemment, le seul opposant était le docteur Pattern. Personne ne semblait avoir tenu compte de ses mises en garde. Les parents de Kelly-Ann signèrent les documents légaux. Peut-être faisaient-ils une erreur ? Seul le temps serait en mesure de le dire… dans un avenir proche...

Dès qu'ils sortirent de la salle de conférence, ils s'empressèrent de se rendre à la chambre de leur fille pour lui annoncer la bonne nouvelle. Kelly-Ann était assoupie sur son lit lorsqu'elle entendit ses parents faire irruption dans sa chambre.

- Maman, papa, vous êtes de retour !
- Oui, nous sommes là, répondit sa mère fébrile.
- Je ressens quelque chose dans ta voix. Que se passe-t-il ? lui demanda sa fille un peu inquiète.
- Ton père et moi avons une bonne nouvelle pour toi.
- Ah oui, laquelle ?
- Ton opération est pour demain !
- Déjà !
- Tu n'es plus d'accord ? demanda son père.
- Bien sûr que oui ! Je trouve cela formidable et qui est l'heureux donneur ?
- Nous ne sommes pas en mesure de le savoir.
- Comment ça ?
- Ta mère et moi avons signé un papier de non-divulgation, ce qui signifie que nous ne saurons jamais qui t'a fait ce merveilleux don.
- J'aurais pourtant bien voulu savoir, répondit Kelly-Ann déçue.
- Ne trouves-tu pas que le plus important est que tu retrouves la vue ?
- Oui, vous avez raison. Désolée de vous avoir dit ça.
- Ne t'en fais pas, on comprend, ajouta sa mère.
- Je ne sais pas comment vous remercier.
- Tu n'as pas à nous remercier, je suis persuadée que

tu ferais la même chose si tu avais un enfant, répondit sa mère.

- Assurément !
- Nous ne voulons que ce qu'il a de mieux pour toi, tu le sais bien, renchérit son père.
- Oui, je le sais.
- Tu sais ce qui nous ferait plaisir à ta mère et moi ?
- Non, quoi ?
- Que tu profites au maximum de ce don et que tu vives heureuse.
- Je le ferai, promis ! confirma-t-elle.
- Très bien.
- Je voudrais que me faisiez une faveur.
- Bien sûr, laquelle ? demandèrent-ils d'une même voix.
- J'aimerais que vous profitiez du reste de la journée pour penser à vous deux.
- Mais on...
- Il n'y a pas de mais, coupa-t-elle. Je veux que vous pensiez un peu à vous pour une fois. Ne vous inquiétez pas, je suis une grande fille !
- Bon, si tu veux. Repose-toi bien, tu as une grosse journée qui t'attend demain. Nous serons présents pendant ton opération.
- D'accord.
- Nous partons ! Bonne journée !
- Bonne journée à vous deux et surtout profitez-en.
- Oui, promis ma belle, ajouta son père en lui déposant un baiser sur le front.

Ils quittèrent la chambre avec une boule dans la gorge. Même s'ils savaient que leur fille pouvait combattre sa peur du noir et bien qu'ils aient confiance en elle, ils ne pouvaient s'empêcher de penser que la noirceur demeurait son pire cauchemar... du moins, pour l'instant...

Chapitre 10

À la recherche de Joana

Le lendemain matin, Kelly-Ann se sentit fébrile à son réveil. Une infirmière fit irruption dans sa chambre mettant fin à sa fébrilité temporairement.

- Bon matin, mademoiselle Guess. Comment vous sentez-vous aujourd'hui ?
- Pour être franche avec vous, fébrile, mais je tente de ne pas y penser.
- Ne vous inquiétez pas, tout va bien se dérouler, lui dit-elle afin de la rassurer.
- J'imagine que vous avez raison.
- Je dois prendre votre pouls et vérifier votre tension, si vous me le permettez. Mais essayez avant tout de vous détendre et de ne penser à rien.
- Je crois que ça sera difficile.
- Je comprends, mais essayez tout de même et tendez-moi votre bras gauche s'il vous plaît.
- Très bien.
- Merci !

Kelly-Ann essaya tant bien que mal de faire le vide dans sa tête pendant que l'infirmière effectuait son travail. Elle y parvint difficilement.

- Bon, j'ai terminé ! Effectivement, votre pouls et tension sont au-dessus de la normale, mais ce n'est rien de catastrophique, lui lança-t-elle avec un sourire amical.
- Est-ce que vous savez quand aura lieu l'opération ? demanda Kelly-Ann.
- On m'a dit que ce serait vers dix heures trente, mais comme vous devez vous en douter, il y a toujours des délais dans ce type d'intervention.
- Très bien, merci !
- Il n'y a pas de quoi. Reposez-vous en attendant, nous viendrons vous préparer au moins une heure avant.
- D'accord.
- S'il y a quoi que ce soit, n'hésitez pas à nous le faire savoir.
- Ok.
- À tantôt !
- Oui, à tantôt !

L'infirmière quitta la chambre et Kelly-Ann en profita pour se reposer et essayer de faire fuir son anxiété.

Dans un autre endroit, la mère de Kelly-Ann prépara le petit déjeuner pendant que son mari était à la recherche de sa chemise et de son pantalon.

- Chérie !
- Oui, qu'est-ce qu'il y a ? Je suis en train de préparer le petit-déjeuner.
- Est-ce que tu aurais lavé ma chemise bleue ? lui demanda-t-il.
- Oui, chéri ! Elle est dans le panier au sous-sol avec tes pantalons noirs. J'ai fait le lavage hier.
- Merci !

Fergus descendit l'escalier vêtu d'un simple caleçon. Falon le vit passer et pouffa de rire. Celui-ci la regarda en riant à son tour. Il s'approcha derrière elle et lui fit un câlin pendant que celle-ci terminait de faire cuire le bacon.

- J'aime quand tu me prends dans tes bras, mais j'avoue qu'en caleçon, c'est une première, lui lança-t-elle encore prise d'un fou rire.
- Quoi, tu ne me trouves pas sexy ?
- Je n'ai pas dit ça et tu le sais bien, mais je crois que le temps est mal choisi pour ça, tu ne crois pas ?
- Oui, tu as raison.
- Au fait, je voulais te parler de quelque chose, mais avant j'aimerais que tu t'habilles, car c'est un peu agaçant pour moi de te voir en caleçon, lui dit-elle en le narguant.
- D'accord, je reviens. Hummm que ça sent bon l'odeur du bacon !
- Oui, surtout que j'ai acheté le bacon avec un goût

d'érable, ajouta-t-elle.

Fergus prit congé de sa charmante femme et se rendit au sous-sol pendant qu'elle terminait de préparer le petit-déjeuner. Cinq minutes plus tard, ils dégustaient un délicieux repas. Tout en mangeant, Falon relança une discussion concernant ce quelque chose dont elle voulait lui parler.

- Est-ce que tu te souviens de la journée de cet accident ?
- Je ne pourrai jamais l'oublier, pourquoi cette question ?
- Eh bien, je voulais appeler un ancien ami du poste de police.
- Pourquoi ? Je ne comprends pas où tu veux en venir, dit-il intrigué par cette réponse.
- La raison exacte est que je voulais savoir si l'agent Bartley serait en mesure de nous aider à retrouver la mystérieuse femme qui a sauvé notre fille.
- J'imagine qu'il le pourrait.
- Est-ce que ça te dérange que je le contacte ?
- Pas du tout, surtout s'il peut nous aider.
- Très bien, je vais l'appeler après notre repas.
- D'accord.

Ils terminèrent leur repas et aussitôt, Falon prit son cellulaire et tenta de le joindre. Une voix de femme lui répondit.

- Bureau du FBI, que pouvons-nous faire pour vous ?

- Bonjour, je m'appelle Falon Okers-Guess et j'aimerais parler à l'agent Bartley, s'il vous plaît.
- C'est à quel sujet ? demanda la réceptionniste.
- J'aurais besoin qu'il me communique une information sur un événement passé.
- Très bien. Pouvez-vous garder la ligne ? Je vais tenter de le joindre.
- Bien sûr. J'attends.
- Si jamais il ne répond pas, vous serez directement reliée à sa boîte vocale où vous pourrez lui laisser un message.
- Merci !
- Un instant, gardez la ligne.

Lorsque la réceptionniste mit Falon en attente, elle entendit la chanson « The girl is mine » chantée par le renommé chanteur de la pop, Michael Jackson. Soudainement, une voix beaucoup moins douce répondit.

- Ici l'agent Bartley, que puis-je faire pour vous ?
- Bonjour agent Bartley, je suis sûre que vous vous souvenez de moi, je suis Falon Okers-Guess.

Le silence complet, il fut estomaqué d'entendre à nouveau cette jolie voix.

- Ça va, agent Bartley ?
- Heuuu... oui, Falon. Comment va ton mari, Fergus ?
- Très bien, merci !
- Je suis désolé, j'ai été un peu pris par surprise. Ça fait si longtemps.

- Oui, je sais.
- On m'a informé pour ta fille, elle va bien ?
- En fait, elle va subir une opération importante aujourd'hui. Mais oui, elle va bien.
- Cela n'a pas dû être facile pour elle.
- Effectivement, mais avec cette opération, tout va rentrer dans l'ordre.
- Je suis soulagé d'entendre ça. Et toi, tu vas bien ?
- Oui, plus que jamais.
- Que puis-je faire pour toi ?
- Je voudrais retrouver la femme qui a sauvé ma fille d'une mort certaine et je me demandais si tu pourrais nous aider.
- Je vais voir ce que je peux faire, si tu avais un nom ça m'aiderait à la retrouver plus facilement.
- Elle s'appelle Joana Perks.
- Très bien, je m'en occupe. À quel numéro puis-je te joindre ?
- Sur mon cellulaire qui est le 518-555-5452.
- Excellent !
- Dès que tu as quelque chose, tu me rappelles, d'accord ?
- Oui sans problème. Dis bonjour à ton mari et bonne chance à ta fille pour son opération.
- Oui, je le ferai. Encore merci.
- Bonne journée !
- Bonne journée à toi aussi !

L'agent raccrocha la ligne qui mit fin à la conversation téléphonique. Le regard de Fergus avait une expression de jalousie, car dans un lointain passé, sa femme avait déjà été en couple avec cet agent du FBI. Mais cela fut bien avant que naisse sa fille Kelly-Ann. À l'époque, les trois fréquentaient le même collège. Entre Bartley et Fergus, une compétition pour gagner le cœur de Falon faisait rage. Évidemment, au premier tour, Bartley avait été sans équivoque le vainqueur de cette rivalité, mais ce fut de courte durée puisque Falon s'était aperçu que bien qu'elle éprouvât des sentiments pour Bartley, au fond de son être, elle ressentait davantage de l'amour pour Fergus que pour lui. Bartley était beaucoup plus musclé que Fergus, mais ne possédait pas la douceur de celui-ci. C'est ce qui avait finalement fait tourner le vent en sa faveur ! On dit souvent que l'amour est plus fort que la police !

Falon vit le regard de son mari et comprit. Elle s'avança vers lui pour l'entrelacer et lui dit d'une voix douce et rassurante :

- Je comprends ce que tu peux ressentir, mais sache que c'est toi que j'aime. Tu sais les sentiments que j'éprouve pour toi et même si je lui reparle, ça ne veut rien dire pour moi. Fais-moi confiance, d'accord ?
- Oui, tu as raison. Je ne devrais plus douter de ce que tu ressens pour moi depuis longtemps. Je suis désolé, lui dit-il avec un sentiment de culpabilité.
- Sache que je ne t'en veux pas.

Elle lui déposa un baiser sur la joue et lâcha son étreinte.

- Merci ! Je devrais plutôt être fier de ce que nous avons fait ensemble. De plus, je suis tellement fier de notre fille.
- Oui, moi aussi.
- Nous devons nous préparer à partir bientôt, car le grand moment pour notre fille arrive !
- En effet !

Ils ramassèrent la vaisselle et ensuite Falon enfila une magnifique robe d'un rouge qui faisait ressortir la beauté de cette femme ainsi que sa sensualité. Fergus, lorsqu'il la vit vêtue ainsi, la prit dans ses bras.

- Comme tu es belle ! lui dit-il.
- C'est seulement pour toi que je me mets belle, lui répondit Falon en affichant un sourire radieux.
- Je sais.
- J'aimerais bien faire autre chose, mais le temps nous manque. J'aime bien lorsque tu me prends dans tes bras et me murmures des mots doux à l'oreille. Tu es tellement romantique, je veux te garder que pour moi. Malheureusement, nous devons y aller. Peut-être ce soir aurons-nous quelque chose à fêter ? Alors, je crois que ça sera le moment idéal pour te laisser redécouvrir mon corps, ne penses-tu pas ? dit-elle pour lui faire comprendre que ce n'était pas l'envie qui lui manquait, mais plutôt le temps.

- Je suis persuadé que tout va bien se passer pour notre fille.
- Pour être franche avec toi, même si j'ai un peu peur, je sais que tu as raison mon chéri.

Finalement, ils sortirent de la maison et prirent la direction du centre hospitalier de Springfield.

Pendant ce temps au bureau du FBI, l'agent Bartley interrogeait le système informatique afin de retrouver la trace de Joana Perks. Rien ! Il n'y avait aucune personne qui portait ce nom dans la ville de Springfield. Mais Bartley devait la retrouver puisqu'il comptait sur ses démarches pour tenter de reconquérir celle qui ne l'avait pas choisi et qui s'était réfugiée dans les bras de ce « Fergus ». Évidemment, il n'en avait pas touché un mot à Falon, car il craignait sa réaction. Toutefois, au fond de lui-même, il espérait la séduire à nouveau. Néanmoins, ce qu'il ignorait, c'est que peu importe ce qu'il tenterait, le cœur de celle-ci ne battait que pour son époux...

À la suite de ses recherches infructueuses, Bartley décida d'en parler à son supérieur, l'inspecteur en chef, Doug Jarvis. Il sortit du local d'informatique et se dirigea vers le bureau de Jarvis. Arrivé devant sa porte, il frappa deux coups et une voix l'invita à entrer.

- Vous pouvez entrer ! répondit l'inspecteur, plongé dans la lecture de l'un de ses dossiers.

- Bonjour inspecteur.
- Que puis-je faire pour vous, agent Bartley ?
- J'ai une faveur personnelle à vous demander.
- Je vous écoute.
- Je viens d'effectuer une recherche dans le système pour retrouver une femme, mais il semble qu'elle se soit évaporée.
- De qui s'agit-il ?
- Joana Perks.

Son visage devint songeur.

- Est-ce qu'il y a un problème ?
- Normalement, je ne serais pas censé vous donner d'information à son sujet.
- Et pourquoi ?
- Elle a été le témoin principal dans une enquête alors, afin de la protéger elle fait partie d'un programme de protection de témoin et nous avons donc dû changer son identité ainsi que son adresse.
- Je comprends.
- Pourquoi ce témoin vous intéresse-t-il ?
- Pour être franc avec vous, je voudrais la retrouver afin de tenter de reconquérir Falon Okers-Guess.
- Je croyais qu'elle était mariée ?
- En effet !
- Mais, alors quel est votre intérêt si elle est mariée ?
- Une vengeance personnelle !
- Qu'est-ce qui vous fait croire que vous pourrez parvenir à la reconquérir si elle est mariée ?

- Je le sais, c'est tout !
- Je ne suis pas vraiment d'accord avec vous.
- Je ne vous demande pas de l'être puisque vous ne connaissez pas toute l'histoire, je vous demande seulement de m'aider, voilà tout !
- Très bien. Si je vous donne cette information, personne ne doit savoir que c'est moi qui vous l'ai fournie. De mon côté, je dirais que le dossier a été égaré, c'est tout ! Le meurtrier contre qui elle a dû témoigner a été exécuté. Alors je ne crois pas qu'il va sortir de sa tombe pour aller se venger, lui répondit Jarvis, sur un ton narquois.
- Merci !
- Puis-je me permettre d'ajouter quelque chose ?
- Oui, je vous écoute.
- Vous aurez fait l'impossible pour elle, mais en fin de compte, si elle ne ressent plus rien pour vous, à quoi bon.

L'agent Bartley fusilla des yeux son supérieur avant de sortir du bureau de celui-ci. Il prit le dossier et referma la porte sèchement. Dès qu'il fut sorti, une colère envahit son corps et son âme en entier. Dans sa tête, il revoyait le visage de son opposant, Fergus. Il était prêt à tout pour gagner cette partie, au risque de la perdre à tout jamais !

Au centre hospitalier de Springfield, on s'affairait aux derniers préparatifs pour l'opération expérimentale de Kelly-Ann.

- Ne vous inquiétez pas mademoiselle Guess, tout va bien se passer. Maintenant essayer de vous détendre, nous allons vous administrer un calmant. À votre réveil, tout cela n'aura été qu'un cauchemar. Vous retrouverez à nouveau votre vision, dit l'infirmière en chef, affichant un visage confiant et rassurant.
- Merci !
- Les docteurs McKerson et Pattern assisteront le spécialiste en chirurgie oculaire, le docteur Trusofko, vous n'avez rien à craindre, car c'est l'un des meilleurs dans son domaine.
- Merci de me rassurer, ajouta Kelly-Ann.
- En fait, mademoiselle, je n'ai pas besoin de vous rassurer, car je sais que vous êtes entre bonnes mains.

Ils longèrent le couloir en direction de la salle d'opération tandis que pendant ce temps, les parents de Kelly-Ann arrivaient à l'hôpital.

- Bonjour infirmière, nous sommes les parents de Kelly-Ann Guess.
- Très bien, laissez-moi vérifier sur ma liste.

Elle baissa les yeux sur sa liste pour la consulter puis releva aussitôt les yeux et leur répondit.

- En effet ! Je la vois sur ma liste, mais étant donné les risques de contamination, vous ne pourrez malheureusement pas assister à cette opération.
- Ah bon ! répondirent-ils déçus.

Voyant leurs visages déçus, l'infirmière s'empressa d'ajouter :

- Je comprends votre déception et soyez assurés que nous vous tiendrons au courant du déroulement. Quoiqu'en y repensant, je crois que vous pourriez aller dans les loges supérieures où vous pourrez voir le déroulement de l'opération. Je vais demander à un assistant de vous y conduire.
- Très bien, merci infiniment, ajouta Falon soulagée.

L'infirmière appela un assistant qui vint à leur rencontre et les invita à le suivre. Ils longèrent le couloir et prirent un petit ascenseur privé. Celui-ci menait à un étage où il y avait une multitude de pièces fermées. Lorsque l'assistant ouvrit l'une d'elles, les parents virent une vitrine de verre qui remplissait presque le mur en entier. C'est alors qu'ils aperçurent leur fille étendue sur une table d'opération branchée à plusieurs équipements. Autour d'elle, il y avait trois médecins assistés par quatre autres infirmières qui finalisaient la préparation de la patiente qui somnolait. En la voyant dans cet état, le cœur de Falon chavira et des larmes coulèrent sur ses joues. L'assistant la vit et tenta de la rassurer en lui disant que tout irait bien. Fergus sortit un mouchoir de sa poche et le tendit à sa femme. Falon le prit pour essuyer ses larmes. Voyant que tout était sous contrôle, l'assistant quitta la pièce.

L'intervention dura sept heures, mais fut couronnée

de succès, car maintenant Kelly-Ann bénéficiait de nouveaux yeux. Évidemment, le médecin lui avait fait mention qu'il fallait attendre vingt-quatre heures avant de savoir si son corps allait les rejeter.

Pendant cette attente qui semblait interminable, Falon reçut un appel, mais ne répondit pas. En voyant le numéro, elle sut que l'appel provenait de l'agent Bartley. Elle embrassa sa fille qui dormait encore profondément puis informa son mari de cet appel et qu'elle devait le rappeler. Celui-ci lui fit un sourire pour démontrer qu'il lui faisait confiance. Falon dut sortir de la chambre pour descendre au rez-de-chaussée, car les appels étaient interdits dans certaines sections du centre hospitalier. Elle passa par la réception pour finalement aboutir à l'extérieur de l'édifice. Elle composa le numéro de Bartley et celui-ci lui répondit aussitôt.

- Allo, Falon.
- Bonjour Bartley. De bonnes nouvelles, j'espère, lança-t-elle.
- Est-ce que l'opération de ta fille s'est bien passée ? demanda-t-il.
- Oui, très bien, merci !
- Je suis content de l'apprendre.
- C'est gentil de ta part. Alors, concernant Joana Perks, tu as trouvé quelque chose ?
- Oui, mais je ne peux pas t'en parler au téléphone.
- D'accord.

- Nous pourrions nous rencontrer quelque part ?
- Pas de problème. Où veux-tu que nous nous rencontrions ?
- Tu te souviens du « *Dirty dancing Bar* » ?
- Comment pourrais-je l'oublier ! répondit-elle, en se souvenant que c'était à cet endroit où ils avaient eu leur premier rendez-vous en amoureux.
- Alors, c'est d'accord si je dis pour dix-neuf heures trente ce soir ?
- Pas de souci, j'y serai. N'oublie pas d'apporter les informations ?
- Ne t'inquiète pas pour cela, je les ai en main.
- Très bien, alors à ce soir.
- Oui, à ce soir.

Assurément, Falon ignorait les intentions *cachées* de l'agent Bartley. Or, lui le savait parfaitement et en raccrochant, l'agent sentit un regain d'espoir l'envahir. Bien que Falon ignorait les mauvaises intentions de celui-ci, il n'en demeurait pas moins qu'elle n'était pas sotte ! Pouvait-il vraiment espérer que celle-ci tombe dans son panneau ? Quel plan avait-il échafaudé ? Il paraissait évident que dans sa tête, une vengeance du passé planait. Et si Falon ne tombait pas dans son piège que pourrait-il faire de plus ? Quoi qu'il en soit, il serait en mesure de la savoir bientôt, très bientôt...

Dans le regard du mal Volume 1

Chapitre 11

Un comportement étrange

Au plaisir de ses parents et d'elle-même, il n'y eut aucun rejet ! Maintenant, il ne restait plus que la période de réadaptation qui pouvait s'échelonner sur trois à six mois selon les médecins. Étant donné les circonstances, Kelly-Ann n'eut pas le choix de mettre ses études en veilleuse. Elle informa le collège de sa situation et ils acceptèrent sans équivoque sa décision de prendre une année sabbatique pour lui permettre un rétablissement complet. Lorsque Kelly-Ann arriva chez ses parents, elle fut accueillie pour une fête surprise. Ses parents avaient invité toutes ses amies ainsi que les voisins pour fêter le retour de celle-ci. Kelly-Ann malgré sa vision floue pouvait distinguer certaines personnes présentes, dont sa meilleure amie et confidente, Krystel qui la prit dans ses bras pour lui souhaiter un bon retour. À tour de rôle, ses autres amies vinrent la féliciter du courage dont elle avait fait preuve. Pendant ce temps-là dans l'autre pièce, les voisins d'en face, les Truchman, discutaient avec les parents de Kelly-Ann.

Soudainement, pour une raison qu'elle ignora, les yeux de Kelly-Ann commencèrent à s'embrouiller de plus en plus et elle fut envahie par un sentiment de colère dont elle ignorait la provenance. Sans avertissement, Kelly-Ann bouscula Krystel qui était tout près d'elle, en s'écriant à pleins poumons :

- J'EN AI ASSEZ ! ALLEZ-VOUS-EN ! PARTEZ ! JE NE VEUX PLUS VOIR PERSONNE !

Falon mit fin à la conversation qu'elle avait avec madame Truchman pour s'empresser de demander aux gens de partir en s'excusant. Krystel ne comprit pas la réaction de sa meilleure amie. Tous ceux qui étaient présents partirent. En voyant l'état de leur fille, Fergus et Falon l'aidèrent à monter les escaliers pour l'installer dans son lit pour se reposer. Kelly-Ann réalisa ce qui venait de se passer et éclata en sanglots.

- Je suis désolée, maman et papa... je ne... je ne... sais pas... ce qui m'a prise, dit-elle à travers sa respiration saccadée.
- Mais... qu'est-ce qui m'arrive ? demanda-t-elle, ne comprenant pas elle-même la provenance de cette colère soudaine.

- Je crois que tu es tout simplement fatiguée, ma belle, ajouta son père.
- Bon, maintenant repose-toi, lui dit sa mère, d'une voix calme.
- Encore désolée.
- Ne t'en fais pas avec ça. Pense seulement à te reposer et tout va rentrer dans l'ordre ma belle, lui dit Fergus.
- Merci pour tout !

Ils installèrent confortablement Kelly-Ann dans son lit et elle s'endormit à peine la tête posée sur l'oreiller. Ses parents sortirent de la chambre en laissant la porte entre-ouverte puis descendirent à la cuisine.

- Tu ne trouves pas ça étrange sa réaction ? demanda Falon.
- Non, je crois qu'elle était tout simplement fatiguée. D'ailleurs, tu as vu toi-même, elle s'est endormie aussitôt que sa tête a touché son oreiller, dit-il, en souriant.
- Oui, tu as sûrement raison.
- Au fait, vers quelle heure est ton rendez-vous avec l'agent Bartley ?
- À dix-neuf heures trente.
- Ah oui, c'est vrai ! J'avais oublié.
- Tu te rappelles ce que je t'ai dit hier matin avant que nous partions pour l'hôpital ?
- Désolé, je ne me souviens plus.

- Que si tout se passait bien nous pourrions faire l'amour.
- Je me souviens. Oui, je me souviens maintenant.
- Alors, qu'attendons-nous pour le faire ?
- Je ne dis pas non, mais si on allait dans la douche avant, qu'en dis-tu ?
- Excellente idée ! s'exclama Fergus.
- De toute façon, Kelly-Ann dort profondément alors je crois que c'est le bon moment.
- Tu as raison.

Dans les yeux de Fergus, une étincelle apparut exprimant ainsi un désir intense qui venait de naître.

Pendant que Kelly-Ann sombrait dans un profond sommeil, ses parents prirent une douche remplie de sensualité et de gémissements... l'excitation sexuelle était à son comble lorsque les corps s'entrelacèrent d'un désir ardent et charnel. Après leurs ébats, ils restèrent allongés dans leur lit pendant quelques heures tout en se caressant et se frôlant l'un contre l'autre. Ce qui les amena une heure avant le rendez-vous de Falon avec Bartley. Lorsque celle-ci tenta de se lever pour retourner dans la douche, Fergus la retint.

- Non, reste encore avec moi, chérie, supplia-t-il.
- Tu sais que j'aimerais bien, mais je dois me préparer.
- Oui, tu as raison, dit-il sur un ton amer.
- Tu n'as pas confiance en moi ?

- Oui, j'ai confiance en toi, mais c'est en lui que je n'ai pas confiance.
- Écoute ! Il me semble que je te l'ai déjà dit. Il n'est rien pour moi, c'est toi que j'aime.
- Excuse-moi
- Je ne te cache rien et tu le sais.
- Oui. Désolé.
- Non, ça va. Je vais faire aussi vite que possible. Étant donné que je ne lui fais pas du tout confiance, j'ai décidé d'enregistrer subtilement notre conversation, de cette façon je vais avoir une preuve contre lui.
- Oui, très bonne idée ma chérie.
- Je vais aller prendre une autre douche et me préparer.
- D'accord.

Fergus lâcha son emprise sur elle et la laissa partir. Falon prit sa douche et sortit aussitôt se préparer. Une vingtaine de minutes plus tard, elle émergea de la salle de bain dans la chambre principale. Elle portait une jupe courte d'un bleu ardoise avec une jolie blouse blanche et un collier de perles d'un bleu ciel décorait son cou. Falon avait un visage très féminin, ses yeux d'un bleu-gris et ses longs cheveux noirs ajoutaient un charme supplémentaire. Elle attacha à sa blouse une broche ayant la forme d'un papillon. Cet objet était muni d'un micro qui était relié à son cellulaire de façon à pouvoir lui permettre d'enregistrer la conversation qu'elle aura avec l'agent Bartley.

L'heure venue, Falon embrassa tendrement son époux et prit la voiture pour se rendre au rendez-vous avec l'agent Bartley. Elle emprunta le Riverside boulevard et le longea jusqu'à son intersection puis prit la branche de gauche pour finalement arriver à son point de rencontre avec l'agent Bartley. Devant le bar, il y avait un écriteau digital qui annonçait la venue d'un groupe rock canadien Nickelback. Falon stationna son véhicule et entra. Devant la porte, il y avait à la porte d'entrée deux agents de sécurité. L'un des deux lui fit un sourire amical en la voyant tandis que l'autre l'examina de la tête aux pieds avec un regard rempli d'envie. Aussitôt qu'elle s'aperçut qu'il la regardait, il détourna son regard d'un mouvement brusque dans une autre direction. Lorsque Falon avança vers le bar, elle vit du coin de l'œil l'agent Bartley assis sur une banquette, sirotant une boisson rougeâtre. Dès qu'il remarqua sa présence, il lui fit signe de se joindre à sa table. Discrètement et pendant que l'agent demandait un autre breuvage à la serveuse, Falon enclencha l'enregistreur et fit semblant de regarder l'heure sur son cellulaire, puis le remit dans son sac sans le refermer complètement et le rejoignit. Maintenant, toutes les cartes semblaient être entre les mains de l'agent. Il devait tout faire pour que Falon tombe sous son charme, mais il était loin de se douter de ce qui l'attendait...

Falon prit place en face de lui. Il vit le papillon sur sa blouse, mais n'y porta pas plus attention qu'il le fallait. Il lui fit son plus beau sourire puis ils débutèrent la conversation.

- Bonjour Falon !
- Bonjour Bartley.
- Je peux t'offrir un verre ?
- Non merci, c'est gentil.
- Tu devrais goûter à ce cocktail, c'est un « *Cosmopolitain* » et c'est vraiment très bon et rafraichissant.
- Je te remercie, mais je ne suis pas ici pour boire un verre avec toi.
- Heuu... oui, je vois, dit-il, l'expression de son visage changea aussitôt pour passer d'un sourire à une expression de déception.
- Écoute, je vais être franche avec toi, lui dit-elle.
- Vas-y, je t'écoute.
- Je suis venue ici dans l'espoir que tu puisses m'aider, pas pour avoir autre chose de ta part. J'ai un mari que j'aime, alors...
- Très bien, j'ai compris, mais sache que je n'en resterai pas là.

Son visage exprimait maintenant davantage de frustration que de déception.

- Que veux-tu insinuer ?
- Je pourrais très bien dire à ton mari que nous avons eu une aventure.

- Quoi ! C'est une menace ?
- Peut-être.
- Crois-tu vraiment que tu me fais peur ?
- Je pense surtout que ton mari n'a pas confiance en toi et c'est ce qui pourrait tourner à mon avantage.
- Très bien, alors si je le disais à ton supérieur !
- Désolé pour toi, mais Jarvis est au courant et il a accepté de me donner le dossier.
- Tu veux dire que toi et Jarvis êtes de connivence ?
- Tu as très bien compris.
- Cela veut dire que personne d'autre n'est au courant ?
- Exactement !
- Et si j'allais informer le FBI de vos mauvaises intentions, est-ce que Jarvis serait d'accord avec toi ?
- Oui, mais pour cela, il te faudrait des preuves de notre conversation.
- Si je te disais que j'en ai !
- QUOI ?

Le visage de Bartley devint blême.

- Tu as très bien compris. Je ne suis plus la petite idiote que tu as fréquentée, mon cher. Je vais te faire une proposition.
- Vas-y, je t'écoute, dit-il, son visage tourna du blanc au rouge en comprenant qu'il venait de se faire avoir.

- Tu me donnes les informations dont j'ai besoin et toi tu retournes le dossier au FBI ou bien...
- Oui, oui... j'ai compris. Très bien les voici. L'agent lui tendit le dossier que Falon consulta en prenant des notes sur un bout de papier qu'elle venait de sortir de son sac.
- Je te remercie de ta collaboration.
- Minute ! lui dit-il sèchement.
- Quoi ?
- Qu'est-ce qui me prouve que tu ne vas pas contacter le FBI ? Je n'ai aucune assurance que tu ne voudras pas le faire un moment donné pour te venger.

Falon le regarda dans les yeux avec un petit sourire satisfait et lui répondit :

- Très simple ! Tu n'as qu'à me faire confiance !

Puis elle partit. Le visage déconfit, l'agent Bartley se prit la tête à deux mains en se disant qu'il venait de se faire prendre comme un adolescent, la main dans le sac...

Lorsque Falon sortit du bar, elle enleva la broche accrochée à sa blouse, la mit dans son sac. Elle monta dans sa voiture et démarra en repensant à cette discussion fière d'elle-même. Elle reprit la route en direction de chez elle.

Pendant ce temps, sa fille Kelly-Ann était plongée dans un rêve de plus en plus profond. Soudain, elle fut à nouveau sous l'emprise d'une colère qu'elle ne pouvait pas contrôler. Devant elle, des images atroces défilaient. Elle ne comprit pas au début ce qu'elles représentaient puisqu'elles étaient floues, mais de plus en plus, les visions devinrent claires... Au début, elle entendait ce qui semblait une petite voix masculine, mais au fil du temps, celle-ci s'intensifiait en lui disant : « *Cherche cette femme qui m'a trahi, cherche-la.* » Son cœur se mit à battre de plus en plus fort non parce qu'elle ressentait de la peur, mais plutôt parce qu'elle était envahie par une intense sensation d'excitation accompagnée de colère à l'état bestial. Comme si elle n'était plus elle-même et qu'une autre personne prenait possession de son état d'âme. Ne comprenant pas trop ce qui lui arrivait, elle se débattait contre cette force en criant à pleins poumons puis entendit une voix en écho qui lui demandait de se réveiller : « RÉVEILLE-TOI MA BELLE ! RÉVEILLE-TOI ! » Au moment d'ouvrir les yeux, Kelly-Ann comprit qu'elle venait faire un cauchemar et vit le visage de son père envahi par la peur.

- Ma belle ! C'est moi, ton père, dit-il en voyant l'expression de sa fille qui n'avait rien de rassurant puisqu'elle semblait complètement égarée.
- Papa ?
- Oui, c'est moi Kelly-Ann.

Elle se mit à sangloter et aussitôt son père la prit dans ses bras pour la rassurer. Il ne se souvenait pas de l'avoir vue dans un tel état. Quelques minutes s'écoulèrent avant que Falon revînt à la maison. Lorsqu'elle entra, son mari vint l'accueillir à l'entrée. Il lui raconta ce qui venait de se passer quelques moments auparavant. Sa femme fut estomaquée par ce qu'elle venait d'entendre. Falon monta les escaliers pour aller rejoindre sa fille dans son lit. Aussitôt que celle-ci reconnut l'ombrage de sa mère, elle sauta de son lit pour sauter dans les bras de celle-ci et recommença à sangloter.

- Mais... qu'est-ce qui t'arrive ma chérie ? demanda sa mère. Elle se souvint que sa fille lui avait déjà sauté dans les bras de cette façon, mais cela datait de son enfance.
- Maman, j'ai peur ! lui lança Kelly-Ann.
- Mais non, tu n'as pas à avoir peur. Nous sommes avec toi. Tout va rentrer dans l'ordre d'ici quelques jours, il faut seulement que tu te laisses un peu de temps, d'accord ?
- Oui, maman.
- Si tu veux bien récupérer, tu dois dormir. Alors, repose-toi.
- D'accord.
- Laisse ta porte ouverte ainsi que ta lampe. De cette façon, tu vas te sentir plus en sécurité et s'il y a quelque chose, nous allons t'entendre. Dors bien mon ange !
- Merci maman ! Bonne nuit à vous deux !

Kelly-Ann s'enroula dans sa couverture et quelques secondes plus tard, elle sombra dans un profond sommeil.

Une semaine s'était écoulée depuis ce cauchemar. Étrangement, Kelly-Ann n'en avait plus refait. Le samedi matin, elle se leva et descendit les escaliers pour se diriger lentement vers la cuisine. Son père dégustait un café et lisait les nouvelles du jour tandis que sa mère finissait de préparer des crêpes. Elle aperçut sa fille du coin de l'œil.

- Bon matin, ma chérie ! lui dit-elle de sa voix douce.
- Bon matin à vous deux, répondit Kelly-Ann.
- Merci ma belle, toi aussi, ajouta son père en laissant de côté son journal pour lui faire un beau sourire.
- Comment va ta vision ce matin ? demanda sa mère.
- Je vois de mieux en mieux maman.
- Merveilleux, s'exclama son père.
- Ton père et moi devons aller faire des courses, je me demandais si tu voulais nous accompagner, car ça fait une semaine que tu n'es pas sortie et je crois que prendre un peu d'air pourrait t'aider à te changer les idées.
- Je vous remercie, mais je voulais justement vous demander quelque chose.

- Oui, nous t'écoutons ma chérie.
- Est-ce que je pourrais aller rejoindre mes amies au restaurant du coin comme j'avais l'habitude de le faire avant ?
- Tu parles sûrement de Krystel et compagnie, lança son père en blaguant.
- Oui.
- Pas de souci, ma belle. Tu pourras nous joindre sur nos cellulaires.
- Très bien.

Ils s'installèrent tous les trois autour de la table et prirent leur petit-déjeuner en parlant de choses et d'autres. Après avoir terminé leur repas, ils sortirent tous en même temps tandis que ses parents quittèrent le stationnement de la maison, Kelly-Ann prit la direction du restaurant du coin. Arrivée à l'entrée, elle aperçut par la fenêtre de la porte, ses quatre amies qui jasaient. Lorsqu'elles la virent passer la porte, celles-ci se dirigèrent vers Kelly-Ann, contentes de retrouver leur amie qui, cette fois-ci, semblait en forme et en parfait contrôle d'elle-même. À tour de rôle, elles lui firent un câlin. Finalement, elles s'installèrent autour de la table et débutèrent une conversation, mais un ex-copain de Kimberly s'approcha de leur table et les interrompit.

- Hé la pétasse ! Tu t'es foutue de moi ! dit-il d'un ton accusateur et colérique.

Ses yeux semblaient lancer des couteaux. En voyant l'expression de son visage, Kimberly se figea de peur.

- Hey, le grand ! Tu nous déranges, va crier ailleurs, d'accord ? répliqua Janis en se levant de sa chaise et en s'approchant du névrosé.

Le forcené bouscula Janis qui tomba sur Kelly-Ann. Aussitôt, les yeux de celle-ci se remplirent de noirceur. Elle sentit monter en elle une colère incontrôlable et d'un geste brusque, elle déplaça Janis et empoigna la main du névrosé en la serrant comme si ce n'était qu'un chiffon. Un bruit de craquement se fit entendre tout autour et l'individu lâcha un cri de douleur et s'effondra par terre, tordu de douleur. La voix de Kelly-Ann devint soudainement plus grave et ses amies eurent l'impression qu'elle était dans un état de transe.

- TU NE MÉRITES QUE LA MORT, CAR CELLE-CI EST DEVENUE MON AMIE... Ha, ha, ha, ha !

Kelly-Ann perdit connaissance et son corps soudainement mou frappa le sol. Sa tête heurta violemment le plancher et ce fut le trou noir...

Quelques heures après cet incident, Kelly-Ann ouvrit les yeux et se rendit compte qu'elle était dans un lit d'hôpital. Tout près d'elle, il y avait ses meilleures amies soulagées de voir qu'elle se réveillait enfin.

- Que s'est-il passé ? demanda-t-elle encore un peu confuse.

Elles se regardèrent ne sachant pas quoi lui répondre. Au même moment, ses parents firent irruption dans la chambre. Ils virent leur fille qui venait de se réveiller et aussitôt leurs inquiétudes furent apaisées.

- Maman ! Papa ! dit-elle en les voyant.
- Oui, nous sommes là. Tes amies nous ont brièvement raconté ce qui t'est arrivé. Ne t'en fais pas, ton médecin nous a assuré que tu irais mieux d'ici demain, mais il doit te garder vingt-quatre heures afin de s'assurer que tu n'auras pas de séquelles.
- Je ne me souviens de rien !
- C'est normal, ma belle, tu as subi une petite commotion, mais ça va se replacer, répondit son père.
- Ton père et moi allons te laisser quelques minutes avec tes amies, nous devons aller signer des papiers à l'admission de l'hôpital.
- Ne vous inquiétez pas, monsieur et madame Guess, nous allons prendre soin d'elle en vous attendant, répondit Krystel.
- Très bien, merci. Cela devrait vous laisser un peu de temps pour que l'une d'entre vous lui raconte ce qui s'est passé, suggéra la mère de Kelly-Ann avant de sortir de la chambre.
- Nous le ferons, ajouta Janis.

Les parents de Kelly-Ann sortirent de la chambre et se dirigèrent vers l'admission tandis que ses amis lui racontaient leur façon ce qui s'était passé. Aucune d'elles n'avait vraiment compris ce qui avait provoqué l'état dans lequel Kelly-Ann était, néanmoins, elles commencèrent à douter que la réaction agressive de l'autre jour avait un lien quelconque avec ce qui venait de se passer quelques heures plutôt...

Évidemment, cela amenait à plusieurs questions. Est-ce que leurs doutes étaient fondés ? Qu'est-ce qui avait provoqué son état de transe ? Pourquoi ses yeux étaient-ils remplis de noirceur ? Pour l'instant, le mystère demeura, mais très bientôt, une lumière apparaitra au bout de ce tunnel sombre...

Chapitre 12

Dans le regard du mal

L'heure des visites terminée, l'infirmière responsable de l'étage vint prévenir les amies de Kelly-Ann et ses parents qu'il était temps de laisser la patiente se reposer. Tout le monde partit en donnant à tour de rôle une accolade à Kelly-Ann. Elle se retrouva enfin seule ! Étrangement, elle sentait qu'au plus profond de son être, quelque chose avait changé sans pour autant savoir à quel moment exactement. Quoi qu'il en soit, elle ressentait un sentiment de colère qui ne semblait pas lui appartenir. Plus elle y réfléchissait, moins elle comprenait ce qui se passait. Sur ces pensées sombres, Kelly-Ann tomba dans un sommeil mouvementé.

Tout ce qui se trouvait autour d'elle semblait camouflé par un brouillard. Soudain, elle entendit une voix caverneuse sortie tout droit du fin fond de l'enfer !

« *C'est elle qui m'a tué, je dois la retrouver et lui trancher la gorge !* » dit cette voix diabolique. Cette violence verbale ne venait pas d'elle. Lorsque le brouillard disparut, elle se vit dans une fourgonnette rouge, observant une femme de l'autre côté de la rue. Elle pouvait ressentir dans tout son corps une excitation et un désir intense. Soudain, son cœur se mit à battre, car elle se souvint d'avoir aperçu cette femme, mais elle ne se rappelait plus où ni quand. Sans savoir vraiment, il y avait quelque chose qui avait changé dans sa vision... Elle prit quelques secondes pour se concentrer davantage et la réponse lui vint en tête comme un coup d'éclair « **l'angle de vue !** » comprit-elle. Mais pourquoi entendait-elle cette voix qui ne lui appartenait pas et pourquoi l'angle de vue avait-il changé ? se demanda-t-elle. Abruptement, elle se retrouva dans une pièce avec la même jolie femme. Devant eux, un succulent repas accompagné de deux coupes de vin. Après que la femme eut pris quelques gorgées, elle la vit tomber endormie. Elle se leva et l'installa sur l'une de ses épaules puis descendit à l'arrière du motel où une fourgonnette rouge était stationnée. Kelly-Ann comprit enfin que ce qu'elle voyait ne venait pas d'elle, mais d'une vision de quelqu'un d'autre. Aussitôt, sa vision changea et elle se retrouva devant une maison, y déposa une boîte et retourna dans son véhicule. Elle alla se stationner à plusieurs mètres de celle-ci et attendit jusqu'au moment où elle vit un homme sortir de chez lui. Celui-ci vit la boîte et au moment où il s'apprêtait à l'ouvrir, elle se réveilla en sursaut dans son lit d'hôpital. L'infirmière venait de faire irruption dans sa chambre. Elle vit que Kelly-Ann était tout en sueur et semblait sortir d'un cauchemar.

- Ça va, mademoiselle Guess ? demanda-t-elle.
- Heuuu... oui, merci ça va, j'ai fait un cauchemar et j'ai eu une bouffée de chaleur. Ne vous en faites pas, ça va aller mieux.
- Voulez-vous que je vous apporte un verre d'eau ?
- Merci, ce serait gentil de votre part.
- Très bien. Je reviens dans quelques instants avec votre verre d'eau et je vais prendre vos signes vitaux.
- D'accord.

L'infirmière revint presque aussitôt. Elle lui tendit son verre et en profita pour prendre sa pression ainsi que son pouls, remarquant par le fait même que sa patiente avait un pouls et une pression anormalement élevés.

- Votre pouls et votre pression me semblent un peu trop hauts, mais je suppose que c'est l'effet de votre cauchemar, conclut-elle.
- J'imagine que oui.
- Je ne vais rien vous donner pour l'instant, mais si cela persiste, appuyez sur le bouton rouge et je viendrai vous administrer un petit calmant. D'accord ?
- Oui, merci !

À l'instant où l'infirmière sortait de sa chambre, Kelly-Ann ne put s'empêcher de repenser à ce qu'elle avait fait comme cauchemar, si tel était le cas bien sûr ! Elle tenta de se rendormir, mais n'y parvint qu'à moitié. Le reste de la nuit fut un long combat entre ce qu'elle espérait, la voix qui ne lui appartenait pas ainsi que l'insomnie qui ne cessa de la marteler jusqu'au petit matin...

Quelques heures avant que Kelly-Ann ne fasse cet étrange rêve, ses parents avaient reconduit ses amies. Après qu'elles furent rendues chacune chez elle, Falon lança un regard inquiet à son mari et lui dit :

- Chéri, je crois que Kelly-Ann ne va pas bien.
- Je pense comme toi, moi aussi.
- Son comportement a changé radicalement depuis quelque temps.
- Jamais notre fille n'aurait réagi aussi agressivement. Je ne comprends pas.
- Moi non plus.
- J'ai un drôle de pressentiment.
- Ah oui, lequel, ma chérie ?
- Bien que je ne crois pas à cela, c'est comme si elle était devenue une autre personne... comme si quelqu'un avait pris possession d'elle.
- Voyons, chérie ! Ça n'existe pas ces choses-là ! Tu délires !
- Je sais, tu as probablement raison. Excuse-moi.

- Non, ce n'est pas grave, je comprends que ton inquiétude puisse te faire imaginer des choses du genre « possession de l'âme d'un autre », mais crois-moi, cela n'existe que dans les romans d'horreur et d'épouvante. Rien de plus. Je te l'assure.
- Effectivement, cela n'aurait aucun sens.
- Pour te rassurer, nous irons voir les médecins qui l'ont opérée avant de ramener notre fille à la maison et je suis persuadé que ce ne sera rien de tout ça.
- Bonne idée !
- Excuse-moi de changer de sujet, cependant je voudrais savoir si tu as réussi à joindre la femme qui a sauvé notre fille ?
- Zut ! Je l'avais complètement oubliée celle-là !
- C'est normal ma chérie avec tout ce qui s'est passé.
- Je vais la contacter dès que notre fille sera revenue à la maison.
- Très bien. Est-ce que tu préfères que je t'accompagne quand tu iras chercher Joana ?
- Non mon chéri, c'est gentil, mais je préfèrerais que tu gardes un œil sur notre fille.
- Oui, pas de souci, je le ferai.
- Merci !
- Est-ce que tu as un petit creux ?
- Oui !

- Très bien, allons manger avant de retourner à la maison.

Les parents de Kelly-Ann décidèrent de s'arrêter au restaurant Tim Horton pour prendre un café accompagné d'un délicieux sandwich Steak et trois fromages. Ils prirent leur temps et discutèrent de plusieurs sujets.

Le lendemain matin, le couple s'empressa de manger leur petit-déjeuner et de retourner à l'hôpital. Tout juste avant de ramener leur fille, Falon et Fargus demandèrent à revoir les médecins qui s'occupaient d'elle. Malheureusement, la psychologue était à l'extérieur pour une conférence et les deux spécialistes avaient pris congé. Il ne restait que son médecin général le docteur McKerson et le vieux docteur, le dirigeant du centre hospitalier, docteur Amstermann. Les parents de Kelly-Ann décidèrent tout de même de les rencontrer dans une petite salle de conférence qui était normalement utilisée pour les réunions entre médecins. Ils entrèrent dans la salle.

- Bonjour Madame et Monsieur Guess ! lança le dirigeant.
- Bonjour docteur, répondirent-ils d'une seule voix.
- Prenez place, je vous en prie ! ajouta le docteur McKerson.
- Merci docteur, répondit Falon avec un sourire timide.

- Que pouvons-nous faire pour vous ? demanda Amstermann en affichant un sourire jovial.
- Nous voudrions vous parler de notre fille, Kelly-Ann, dit Falon.
- Bien sûr ! Le docteur McKerson et moi sommes là pour répondre à toutes vos questions, nous vous écoutons.
- À vrai dire, nous sommes un peu inquiets.
- Votre fille a un problème avec ses nouveaux yeux ? lança le plus jeune des deux médecins.
- Non, il ne s'agit pas du tout de cela, je vous rassure. Notre fille est vraiment comblée de ce don d'organe inestimable. De ce côté tout va à merveille, ajouta-t-elle.
- Alors, quel est le problème ? demanda McKerson, intrigué par cette réponse.
- Eh bien, ce que nous voulons dire c'est que depuis quelque temps, le comportement de notre fille est « *étrange* ».
- Que voulez-vous dire par « *étrange* » ?
- Elle semble tomber en transe et une colère qui ne lui appartient pas s'empare d'elle.
- Vous voulez dire que quelque chose la contrôle ? C'est ça ?
- On peut dire ça, oui.
- Le docteur Amstermann et moi n'avons pas l'expérience et la connaissance pour répondre à votre question, mais nous pourrions nous informer, si vous le voulez.

- Oui, merci !
- Avez-vous d'autres questions ?
- Non. Pas pour l'instant.
- Très bien. Si vous avez d'autres questions ou des inquiétudes, nous sommes là pour répondre au meilleur de nos connaissances pendant l'absence de nos deux collègues, ajouta le vieux médecin.
- C'est gentil, nous vous remercions.
- Dites à votre fille que nous lui souhaitons la meilleure des chances.
- Merci, nous lui dirons.
- Bon retour à la maison.
- Bonne journée à vous deux et au revoir !

Falon et Fergus longèrent le couloir pour aller chercher leur fille et retourner tranquillement chez eux. Une fois arrivés à maison et pendant que Fergus discutait avec leur fille de la soirée qu'il avait planifié pour eux, Falon en profita pour s'enfermer dans la salle de bain et tenta de joindre Joana. À son grand regret, elle ne put la joindre, mais lui laissa un message avec le numéro de la maison tout en lui expliquant qui elle était et le but de son appel puis Falon raccrocha. Lorsqu'elle sortit de la salle de bain, son mari l'aperçut et elle lui fit comprendre par un signe de tête qu'elle ne l'avait pas jointe.

Deux jours plus tard, alors que sa mère et son père étaient partis à une soirée avec des amis, le téléphone de la maison sonna et Kelly-Ann répondit.

- Bonsoir !
- Bonsoir, je voudrais parler à Falon Okers-Guess, s'il vous plaît.
- Désolée, elle n'est pas là. Je suis sa fille. Puis-je prendre un message ?
- Oui, pourriez-vous lui dire que je voudrais la rencontrer en privé ? J'habite maintenant à Forrest City et j'aimerais qu'elle vienne me rejoindre au restaurant le Moctezuma Grill au 737 N. Washington Street, vers dix-neuf heures, je n'attendrai pas une minute de plus.
- Très bien, je lui dirai. C'est de la part de qui ?
- Dites-lui que je suis l'ancienne Joana Perks, elle va comprendre, puis elle raccrocha.

En entendant ce nom, Kelly-Ann tomba dans un état de transe et au même instant, ses yeux devinrent d'un noir ténébreux. Puis, une immense colère qui ne lui appartenait pas vint envahir tout son corps. Dans le plus profond de son âme et dans sa tête, elle sentit que quelque chose avait pris sa place. Une voix diabolique venue du fond de l'enfer résonnait dans sa tête : « *L'heure de la vengeance va bientôt sonner, j'aurai ta peau Joana et pas juste ta peau, ta tête aussi ! Haaaaaaa!* » Puis, sur ces paroles remplies de noirceur, Kelly-Ann prit conscience que son âme sombrait dans un néant où tout contrôle d'elle-même devenait impossible. Son âme était maintenant emprisonnée par un feu écarlate et d'un nuage couleur d'encre, d'où celui qu'on appelait le boucher de Springfield émergeait à nouveau pour revivre afin de pouvoir se venger. La conscience de la jeune femme tentait tant bien que mal de crier, mais nul ne l'entendait du fond des profondeurs de cet enfer...

Chapitre 13

Une fin ténébreuse

Lorsque les parents de Kelly-Ann entrèrent chez eux, ils crurent qu'elle s'était endormie devant la télévision en regardant un film, puisque l'écran était rempli de neige comme quand une chaîne ferme. Les parents ne voulurent pas la déranger et la laissèrent dormir sur le canapé. Toutefois, bien que physiquement son corps était étendu, l'âme noire d'un être maléfique avait pris sa place, ne laissant aucune chance à cette victime de pouvoir refaire surface. Ayant émergé quelque temps auparavant, du fin fond des nouveaux yeux de cette jeune femme. Son but était très simple : se venger !

Le lendemain matin, Falon vint réveiller sa fille, mais fut surprise de constater qu'elle n'était plus sur le canapé. *« Où est-elle passée ? Probablement dans sa chambre »*, se dit-elle. Elle monta les escaliers pour aller voir si Kelly-Ann dormait paisiblement dans son lit, mais s'aperçut qu'elle n'y était pas. Elle vit sur son lit, ce qui semblait être un petit mot qui se lisait comme suit :

Maman et papa,

Je suis désolée de ne pas vous avoir dit au revoir avant mon départ. J'ai voulu vous prévenir, mais voyant que vous dormiez profondément, je n'ai pas voulu vous réveiller. Sachez que je suis très reconnaissante pour tout ce que vous avez fait pour moi et je vous en remercie infiniment. Je suis parti à Forrest City, je vous recontacterai.

Kelly-Ann,

Je vous aime très fort xxx

Falon ne comprit pourquoi sa fille était partie si loin sans les avoir prévenus. Elle aurait pensé qu'elle serait retournée plutôt à Springfield, ce qui n'était pas le cas. « J'imagine qu'elle devait avoir besoin de s'éloigner un peu de nous », pensa-t-elle. Toutefois, elle était loin de se douter ce qui se préparait à l'horizon, car sa fille, sur l'emprise de cette entité démoniaque, mettrait tout en œuvre pour parvenir à ses fins et pour que sa vengeance soit assouvie...

Lorsque Fergus se leva, sa femme le mit au courant du départ de sa fille du gîte familial pour à Forrest City. Il fut surpris de l'apprendre, mais comprit tout comme sa femme que leur fille, bien qu'elle appréciât leur aide, devait assurément avoir besoin de se retrouver un peu seule. Falon entendit son cellulaire sonner et répondit aussitôt.

- Bonjour.
- Bonjour madame Guess, ici le docteur McKerson, je suis en compagnie des médecins qui ont participé à l'opération de votre fille. Je leur ai parlé de notre conversation. Avez-vous quelques instants à nous consacrer, car ce que nous allons vous dire risque de vous ébranler ?
- Bien sûr, je vais mettre mon cellulaire sur haut-parleur afin que mon mari entende la conversation, dit-elle intriguée.
- Oui, je crois que c'est une excellente idée. Vous êtes tous les deux biens assis ?
- Heuu... oui, docteur. Vous commencez à nous faire peur.

Falon fixa son mari et comprit qu'une inquiétude irréfutable venait d'apparaître sur le visage de celui-ci.

- Il semblerait que lors des transferts d'organes, une erreur inexplicable s'est produite, lança-t-il.

Dans sa voix, les parents de Kelly-Ann pouvaient ressentir la désolation et l'incompréhension.

- Que voulez-vous insinuer ?
- Je vais laisser à mes deux collègues le soin de bien vous expliquer ce qui s'est passé et ce que cela pourrait engendrer, hypothétiquement, bien sûr !
- Bonjour à vous deux, je suis le docteur Trusofko et c'est moi qui ai fait l'intervention chirurgicale expérimentale.
- Nous vous écoutons, docteur.
- Comme le docteur McKerson vous l'a mentionné, une erreur a été commise lorsque nous avons reçu ce qui devait être un don d'organe d'une femme dans le début de la trentaine et qui est décédée à peine quelques heures avant que nous fassions l'opération. Selon nos recherches, et c'est là que je voulais en venir, il semblerait que ses yeux ont été mélangés par erreur avec un autre donneur.
- Mais comment cela peut-il être possible ?
- Nous l'ignorons.
- Laissez-moi continuer, docteur Trusofko, je crois être mieux placé que quiconque pour expliquer ce qui suit et ce que cela peut impliquer.
- Très bien, je vous cède la place volontiers, docteur Pattern.
- Merci ! Tout d'abord, je voulais vous remercier pour le temps que vous nous accordez et nous espérons que vous serez indulgents envers notre centre hospitalier.
- Nous voulons bien le croire, mais cela dépend si la vie de notre fille est en danger et je crois que sur ce

point, vous comprendrez.

- Effectivement ! Comme j'avais déjà mentionné au membre du conseil, j'étais contre l'idée de ce projet, car selon moi, il y avait trop de variables sur les tests que mon collègue avait effectués pour que cette opération soit concluante. De plus, les fonctions neurologiques oculaires sont très complexes et peuvent entraîner des réactions psychosomatiques du patient, donc impondérables, et pouvant mener à la catastrophe et au débalancement psychologique et psychique.

- Désolé, mais pourriez-vous simplifier vos termes ? Nous ne sommes pas des médecins alors veuillez nous expliquer en des mots moins scientifiques, s'il vous plaît.

- Pardon ! Je suis sincèrement désolé. En termes plus simples, l'opération que nous avons pratiquée sur votre fille pourrait la mener jusqu'à un désordre mental.

- QUOI ?

- En effet, elle pourrait souffrir de déséquilibre psychologique. Dites-moi, est-ce qu'elle vous a fait mention qu'elle faisait des cauchemars ?

- Effectivement, pourquoi ?

- Je crois que c'est plus sérieux que je ne le pensais.

- Moi, j'ai une question très simple, docteur, lança le mari de Falon.

- Oui, laquelle ?

- Si j'ai bien compris, la raison qui pourrait causer

tout ce désordre et ces cauchemars serait reliée au donneur, n'est-ce pas ?

- J'ai bien peur que oui, malheureusement, répondit le médecin en exprimant par sa voix, un regret de ne pas avoir insisté pour que l'intervention n'ait pas lieu, sachant très bien que les risques étaient trop élevés.

- Donc, vous savez de qui proviennent ses yeux ?

- Effectivement.

- Dites-nous à qui ils appartenaient.

- Oui, écoutez, je ne sais pas si vous vous souvenez, mais votre femme et vous avez signé un accord de non-divulgation.

- Savez-vous quoi ? JE ME FOUS DE CE BOUT DE PAPIER, DOCTEUR ! dit-il en élevant la voix de plus en plus. DITES-NOUS QUI EST LE DONNEUR SINON...

- Très bien, très bien. Je vous en prie, calmez-vous. Vous n'avez pas besoin de me menacer, je vais vous le dire. Le donneur... il... il s'appelait Jack « le boucher » Burnston, finit-il par dire.

- VOUS VOULEZ RIRE DE NOUS, N'EST-CE PAS ? hurla Fergus en connaissant très bien la réputation de ce meurtrier barbare.

- Jamais je n'oserais, monsieur Guess. Jamais je n'oserais, vous pouvez me croire, dit-il avec amertume.

- Et maintenant ? Que pensez-vous faire pour nous aider ? demanda Falon avec une voix beaucoup plus conciliante que son époux, comprenant que les médecins n'étaient pas vraiment coupables de cette erreur de transfert d'organes.

- Amenez-la à l'hôpital d'urgence, nous ferons tout ce qui est en notre possible pour lui trouver une autre paire d'yeux.
- Nous ne pouvons pas, répondit Falon.
- Puis-je me permettre de vous demander pourquoi ?
- Elle est partie ce matin à Forrest City.
- Êtes-vous en mesure de la joindre ?
- Effectivement, je vais l'appeler aussitôt que nous aurons raccroché.
- Très bien, alors faites-le vite et rappelez-moi dès que possible, nous ferons les préparatifs pour une intervention d'urgence.
- Parfait !
- Nous attendons votre appel.
- Pas de souci.

Le docteur mit fin à la conversation. Sans attendre une minute de plus, Falon tenta de joindre sa fille, mais malheureusement, elle tombait automatiquement sur sa boîte vocale. Elle décida de lui laisser un message.

- Allo ma chérie, c'est maman. J'aimerais que tu nous rappelles dès que tu prendras ce message, c'est urgent !

Puis, elle raccrocha en espérant que celle-ci la rappellerait rapidement.

Dans le regard de son mari, elle vit de l'inquiétude qui confirmait que cette discussion l'avait profondément perturbé. Il n'était pas le seul, car Falon aussi sentait que quelque chose de terrible allait se produire. Néanmoins, elle ignorait jusqu'à quel point ce qu'elle ressentait n'était pas très loin de la réalité, car effectivement, dans quelques heures, Kelly-Ann commettrait l'impardonnable...

Falon et Fergus ne pouvaient rien faire pour l'instant. En attendant que leur fille adorée les recontacte, ils décidèrent d'aller passer le reste de la journée au centre d'achat et en profiter pour acheter quelques provisions supplémentaires. À peine avaient-ils franchi le seuil de leur stationnement que le répondeur embarqua et une voix féminine se fit entendre.

- Bonjour madame Guess, j'ai laissé un message hier à votre fille et je voulais seulement m'assurer qu'elle vous en fait part. Nous devons nous rencontrer ce soir vers dix-neuf heures au restaurant le Moctezuma Grill au 737 N. Washington Street qui se trouve à Forrest City. N'oubliez pas, je veux que vous veniez seule, s'il vous plaît. Merci ! Puis, elle raccrocha.

Après avoir fait des courses, ils décidèrent de

retourner chez eux. Au moment où Falon franchit le seuil de la porte, elle aperçut une petite lumière rouge qui clignotait sur le téléphone de la maison. Pendant que son mari transportait les sacs dans la cuisine, elle appuya sur le bouton pour entendre le message. Dès que la femme termina, tout dans sa tête se mit en place comme un casse-tête sur le point d'être terminé. À cet instant, Falon comprit que cette femme courait un énorme danger. En y repensant, il y avait trop de choses qui la reliaient à leur fille et à Jack. Tout d'abord, l'intervention de ses yeux, son changement radical de comportement, le fait qu'elle ne lui avait pas fait mention de ce message et pour finir, sa fille était partie à Forrest City, ce qui coïncidait avec le lieu où Joana habitait maintenant. Son mari se retourna vers elle. Il vit que son visage avait blanchi.

- Ça ne va pas ma chérie ?
- Non. Pas du tout !
- Dis-moi ce qui se passe.
- On part maintenant à Forrest City, s'empressa-t-elle de lui dire.
- Pourquoi à Forrest City ? Je ne comprends pas.
- Je t'expliquerai en chemin. Allez, dépêchons-nous !

Ils sortirent en coup de vent de chez eux, montèrent dans leur voiture et démarrèrent à toute vitesse, sachant très bien que le temps de leur fille était compté et qu'il n'avait pas un instant à perdre.

Pendant ce temps, à Forrest City, Kelly-Ann sous l'emprise du démoniaque tueur réserva une chambre située tout près du restaurant de façon à apercevoir l'arrivée de cette Joana. Elle entra dans sa chambre et commanda du poulet rôti accompagné d'une sauce à l'orange et d'un nid de riz aux légumes. Quelques minutes plus tard, l'homme de service frappa à sa porte. Elle le fit entrer, lui donna un pourboire puis referma la porte derrière lui. Ensuite, elle mit son repas devant elle et s'installa confortablement sur son lit qui était tout près d'une fenêtre d'où elle pouvait observer les allées et venues des gens qui sortaient et entraient du restaurant le Moctezuma Grill. À la suite de ce délectable et succulent repas, Kelly-Ann, alias Jack, décida de faire une petite sieste le temps que sa prochaine victime arrive au rendez-vous.

Entretemps, ses parents tentaient tant bien que mal de sillonner les grandes rues qui étaient congestionnées par la circulation. Évidemment, la tension et l'inquiétude étaient visibles sur leurs visages. Allaient-ils arriver à temps ? Réussiraient-ils à sauver la vie de cette femme qui courait un grave danger ? Que se passerait-il si ce meurtrier parvenait à ses fins ? Tant de questions hantaient leurs esprits.

Une heure plus tard, Kelly-Ann se réveilla d'un

sommeil mouvementé, car dans son corps, son âme avait tenté d'émerger des profondeurs de son être pour reprendre le contrôle, mais en vain. Il semblait beaucoup trop fort pour elle. Elle n'eut d'autres choix que de se rendre à l'évidence, ce meurtrier allait commettre un meurtre sans qu'elle ne puisse être en mesure de le combattre. Maintenant, elle n'existait plus, il ne restait que lui...

Finalement, l'heure tant attendue par Jack arriva et il vit Joana entrer dans le restaurant. « *Hé ! Hé ! Maintenant plus personne ne pourrait empêcher que ma vengeance soit assouvie* », pensa-t-il. Sous les traits de Kelly-Ann, Jack sortit de sa chambre pour prendre l'ascenseur et descendit au rez-de-chaussée. Il longea le couloir de l'hôtel et avant de sortir, il regarda autour de lui et vit une ruelle où il pouvait se cacher à l'abri des passants. Il se faufila jusqu'à cet endroit et attendit patiemment. Au fond de lui, il savait que cette « *fille de joie* » serait une proie facile. Du moins, c'est ce qu'il pensait.

Quelques minutes plus tard, Joana sortit du restaurant, frustrée. On venait de lui faire faux bond. Rien ne pouvait la mettre autant en colère. Sans vraiment réfléchir, elle décida d'emprunter la ruelle où le meurtrier l'attendait depuis plusieurs minutes avec la ferme intention de se venger. Perdue dans ses pensées, Joana ne remarqua pas qu'elle venait de passer tout près de lui. Elle continua sa route quand soudain elle entendit la voix d'une jeune femme.

- Hey toi, la fille de joie ! lança Jack pour attirer son attention.

Joana sursauta surprise par l'apparition de Jack dissimulé sous les traits d'une jeune femme.

- On se connaît ? lui demanda-t-elle.
- Ohhhh oui, très bien même !
- Désolée, mais moi je ne crois pas vous connaître.
- Si tu ne t'en souviens pas, moi je me souviens de toi.
- Mais qui êtes-vous, mademoiselle ?
- Si je te disais fourgonnette rouge, ça te dit quelque chose ? lança-t-il de façon arrogante.
- Je ne trouve pas ça drôle, jeune dame.
- Et Jack « le boucher », ça te dit quelque chose maintenant ?
- Vous êtes folle ou quoi ?
- Non, je suis Jack même si je n'ai plus son corps.
- Mais ?
- Tu n'as qu'à bien regarder mes yeux et tu verras.

Elle s'approcha de Kelly-Ann et lorsqu'elle vit ses yeux, elle comprit.

- NON ! C'EST IMPOSSIBLE ! ON T'A EXÉCUTÉ DEVANT MES YEUX !
- Oui, je sais, mais ce que tu ne savais pas, c'est que j'ai fait don de mes yeux et c'est cette fille qui a hérité de ce magnifique don... Ha, ha, ha !!!

Jack s'approcha d'elle et au même moment, elle sortit de son sac à main une bouteille de poivre de Cayenne et lui aspergea les yeux. Le meurtrier hurla de douleur et Joana en profita pour s'enfuir. Quoique sa vision fut temporairement embrouillée par le produit, il la vit s'échapper et, tout en chancelant, il se mit à sa poursuite. Joana portait un foulard vert et le tueur l'agrippa. Elle se débattit comme un diable dans l'eau bénite, mais trébucha, s'étendant de tout son long par terre. Jack en profita pour lui sauter dessus et empoigna son cou pour l'étrangler. À ce même instant, Joana tenta le tout pour le tout, elle enfonça dans les yeux de ce meurtrier ses ongles et aussitôt celui-ci lâcha prise. Du coin de l'œil, elle vit une voiture qui fonçait vers eux à toute allure. Elle eut à peine une fraction de seconde pour éviter l'impact, mais pas Jack. Celui-ci fut projeté dans les airs et frappa violemment le mur de l'édifice. Les deux passagers de la voiture en sortirent. L'un d'eux était une femme. Ses yeux remplis de larmes, elle se dirigea vers Joana et lui dit :

- Nous n'avions pas le choix ! sanglota-t-elle.
- Vous m'avez sauvé la vie !

- Oui, tout comme vous aviez sauvé la vie de notre fille, dit-elle en regardant le corps tout près d'eux qui était couvert de sang.
- Vous voulez dire ? comprit-elle.
- Oui, c'est ma fille qui est étendue par terre.
- Je... je ne sais pas quoi vous dire, dit-elle abasourdie.
- Il n'y a plus rien à dire, ajouta Falon pendant que son mari tentait tant bien que mal de la consoler.

Quelques instants plus tard, les ambulanciers arrivèrent et constatèrent la mort de Kelly-Ann. Rien n'est plus terrible pour des parents que de perdre un enfant. Il n'y avait plus aucun espoir pour eux de revoir leur fille vivante. Telle était la triste vérité. *Dans le regard du mal* n'existait plus, il avait ainsi sombré et emporté une innocente dans le néant où régnaient les ténèbres, et ce, pour toujours...

Catalogue des romans de l'auteur

Titres pour la série noire

(*Publié*)

- À venir

(*Prochaines parutions*)

- L'appel des ténèbres – Volume 2
- Le cellulaire infernal – Volume 3
- Le pantin – Volume 4
- Meurtres dans l'ombre du cauchemar – Volume 5
- Gare au bonhomme sept heures ! Volume 6
- Le diable de Morphée – Volume 7
- La fée des flammes de l'enfer – Volume 8

(English version of the black series)

- The black series of the thirteen chapters – In the eyes of evil – Volume 1
- The black series of the thirteen chapters – The calls of darkness – Volume 2

D'autres titres à venir pour la série noire en français et en anglais

Autres livres publiés de l'auteur

(*Trilogie fantastique*)

- Les héritiers du rêve Tome 1
- Les héritiers du rêve et les prisonniers des deux mondes Tome 2
- Les héritiers du rêve et le médaillon de l'âme noire Tome 3

(*Roman policier/fiction*)

- Meurtres sans frontière 1

(*Roman policier/apocalyptique/fiction/suspense*)

- Pandémie bleue (roman solo)

Autres parutions de livres à venir de l'auteur
- Meurtres sans frontière 2 (juillet 2026)
- Le jumper de toiles (mars 2026)

BIOGRAPHIE DE L'AUTEUR

Mario Côté, Salaberry-de-Valleyfield, 29 janvier 2026

Mario Côté, 59 ans, est un écrivain polyvalent installé à Salaberry-de-Valleyfield. Originaire de Longueuil et longtemps résident de l'est de Montréal, il a découvert l'écriture grâce à ses filles et à ses aventures dans l'univers de *Donjons & Dragons*. Lorsque ses parties ont cessé, il a comblé le vide en rédigeant son premier roman, *Les Héritiers du rêve – Tome I* (2005), qui a lancé sa trilogie fantastique et sa carrière d'auteur.

Depuis, il a écrit plus d'une quinzaine de manuscrits, dont *Meurtres sans frontière* (policier-fiction), *Pandémie bleue* (thriller) et *La série noire des treize chapitres*, une saga de treize romans indépendants mêlant horreur, suspense et thriller — dont huit sont déjà terminés. Ses deux premiers tomes existent également en anglais. D'autres projets sont en développement.

En plus d'être un écrivain polyvalent, il est aussi scénariste et fondateur d'une petite entreprise offrant des services de scénarisation aux auteurs et aux maisons de production cinématographiques. Parolier à ses heures, il possède un portfolio de plus d'une centaine de textes de chansons, dont certaines ont déjà été mises en musique et accompagnées de leur partition.

Site web : mariocote1966@com

Facebook : Mario Côté Poly

Veuillez prendre note que tous ses romans sont disponibles sur Amazon en format papier et Kindle.